新フォーチュン・クエストL（リミテッド）2

Fortune Quest

静かな湖畔のモンゲーナ

深沢美潮

イラスト／迎 夏生

パーティの仲間たち

パステル・G・キング

詩人（小説家）兼マッパー

方向音痴のマッパーで、いつもトラップに注意されている。パーティのサイフも預かっているけど、貧乏なので、なかなか大変！パーティの冒険を小説にして、家計の足しにしている。

クレイ・S・アンダーソン ファイター

責任感が強く、パーティのリーダー。むちゃくちゃ「いい人」なんだけど、なぜか不幸な目に遭うことが多い。

また、自覚はないけど、美青年で、特におばさんキラー。剣を磨くのが趣味。

トラップ
盗賊（シーフ）

パーティの中で一番現実的。だから報酬の交渉には欠かせない。
しかし、口が悪く、ふいにすることも。
さらに、とんでもない事件にパーティを巻きこむ。
ギャンブルと宝箱には目がない。

キットン

農夫／キットン族

時間があれば、薬草やキノコの研究をしているか、「モンスターポケットミニ図鑑」を調べている。雑学の知識も右に出る者がいないほど。ただ、急にでかい声を出し、みんなをびっくりさせる。

ノル

ノル
運搬業／巨人族

力持ちで、無口。いつもパーティの荷物を運んでいる。
寝てしまったルーミィを抱っこするのもノルの役目。
カルマがパーティで一番高く、鳥などの小さな動物とは会話できる。
趣味はあやとり。

ルーミィ

魔法使い／エルフ族

「おなかぺっこぺこだおう！」としょっちゅう言っているほど、くいしんぼう。パステルの口真似をよくする。威力は小さいが、ファイアー、コールド、ストップ、フライの魔法を使える。

シロちゃん

ホワイトドラゴン

幸運のホワイトドラゴンの子ども。でも、外見は小犬に似ている。賢くて、けなげ。また、人間の言葉を話せるが、「デシ」と最後につく。人間にとって臭い匂いは、シロちゃんにとってはおいしい匂いである。

ダンジョン・マップ
『静かな湖畔のモンゲーナ』

イラスト／美鈴 秋

アンバー
Unbar
アンバー
アンバー湖
廃墟
冒険者
ギルド
ディアーナの家
武器屋
薬屋
湖畔亭
魚市場
せせらぎ亭

いまでないとき。
ここでない場所。
この物語は、ひとつのパラレルワールドを舞台にしている。
そのファンタジーゾーンでは、アドベンチャラーたちが、
それぞれに生き、さまざまな冒険談を生み出している。
あるパーティは、不幸な姫君を助けるため、邪悪な竜を倒しにでかけた。
あるパーティは、海に眠った財宝をさがしに船に乗りこんだ。
あるパーティは、神の称号をえようと神の出した難問にいどんだ。
わたしはこれから、そのひとつのパーティの話をしたいと思っている。
彼らの目的は……まだ、ない。

イラスト／迎　夏生　デザイン／盛岡史郎

フォーチュン・クエストTRPGへようこそ

TRPGというのは、テーブルトーク・ロール・プレイング・ゲームの略です。

今、このページを読んでいる人のなかには、そんなの今さら……という人もいるでしょうし、「ふーん、そうなんだ……」という人もいるかな？

そんな人は、できれば、『フォーチュン・クエスト③ 忘れられた村の忘れられたスープ下巻』でブラックドラゴンのJBが登場した辺りから先を読んでくださるとありがたいです。

それから、くわしい話はコボルト君の説明が小説の後であると思うので、そっちを参照してください（255ページ参照）。

で、このTRPG。

わたしが一番最初にやったのは、D&Dというゲーム（ダンジョンズ&ドラゴンズ）でした。

いや、本当のことを言うと違うな。ちゃんとしたゲームをやったのは……ってことなんです。

実は、わたし、テーブルトークというのをやってみたくてしかたなくって、とりあえず自分でそれっぽいものを作ってしまい、仲間を集め、強引にやっちゃったことがあるんですよ。それが最初。

もちろん、デタラメ。

でも、けっこうおもしろかった覚えがあるけど。

いや、こんなんじゃなく、もっとちゃんとしたのをやってみようと思い、初めてテーブルトークをやった時、キャラクターメイキングというのをやらなきゃなんなくって。それだけで、なんと午前中全部使ってしまったんですよ。

なんていう話をすると、「一日使わなくてよかったですね」とかって笑われたりするのよね。

でも、このキャラクターメイキング、略してキャラメイクというのがどうにも、めんどくさくて、わかりにくくって、だんだんと不安に苛まれ、しかも眠気がドンドコ押し寄せてきて。

こりゃ、わたしには向いてないかなと思いました。

考えてみれば、わたしって、どんなソフトを買ってきても、マニュアルなんか読まないで、とりあえずディスク、突っこんじゃう人だもんね。

ま、最近はようやくこのキャラメイクというののおもしろさもわかってきて、マニュアルと首っぴきで、あーだこーだと仲間同士で相談しあったり、茶々を入れあったりしてますけどね。

で、やっとこさ、キャラができて、冒険を始めても……よくわからない上に、複雑。何かやるたびに、「じゃあ、当たり判定」とか「命中値いくつ?」とか「セービングスローやってください」とか。

頭の上に、クエスチョンマークの渦巻きがいくつもいくつも浮かんでは、わたしに不安と眠気攻撃を開始するのであったのですよ……。

で、思ったね。

ああ、もうちょっと簡単な、もっとお手軽な、2、3時間で遊べて「じゃあねー!」って帰れるような、そんなテーブルトークはないもんかしらん? って。

でも、なかなかないのね。

そりゃそうよ。この世界は、とっても深くって、高度で、マニアックな世界なんだから!

わたしなんか入ってきちゃだめなのかも!

そんなふうにいじけてたんだけど(とはいえ、いじけていたのはほんの一分程度)、奮起したね。

「じゃあ、作ったろうやないけ！　わたしでも遊べる超お手軽超簡単ＴＲＰＧを!!」

なぜ急に関西弁になるか、それはわからないけど。

でも、思いついたら即実行のわたしですから、すぐに仲間を召還。

これこれ、こういう主旨のものが作りたい！　だから、作るの協力して！　と、頼みこみ、出版社には「これこれ、こういうものを作りたいので、ぜひお金出して！」と企画を提出しました。

初心者パーティがキャアキャアわいわいやってるフォーチュン世界を舞台にすれば、そんな超お手軽ＴＲＰＧもいいんじゃないの？

てなことで、みんなの賛同も得て、作ったのが一九九一年。

それが最初のフォーチュン・クエストＴＲＰＧとなったのです。

それから、早十年。

途中、バージョンアップしたりもして、なくなることもなく、コンベンションなども開催したりして、細々ではありますが続けてきました。

意外といたりするのね。

「ぼく、一番最初にテーブルトークやったのって、フォーチュン・クエストＴＲＰＧでした」

なんて言ってくれる人。

その後、古くからのゲーム仲間であるはせがわみやびさんとリプレイ本も出すことができ、それも巻数を重ねること五巻。

リプレイ本としてはけっこう人気で、システムを知らない、テーブルトークやったこともないっていう人が読んでくれたりしてるのです。

でも、そのことに喜んでばかりもいられません。

そうです！

なんということでしょうか。

いつのまにか、ルールブックのほうが手に入らないようなことになっちゃってたのです。

「じゃあ、もしかして、リプレイ本は出てるのにルールブックはないってこと？」

わたしが聞くと、みやびさんは、あの眼鏡（めがね）の奥（おく）の目を細めながら、

「ええ、そうなんですよぉー」

と、ニコニコニコ。

ニコニコ笑ってる場合かよ!!

思わずトラップになって突っこみたくなってしまったわけです。

でも、せっかく作るんなら、ずっと残る形で作りたいね。しかも、読んで楽しい本にもし

たいよね。

……ていうことで、構想三年!?

やっと、ここに完成することができたのです。

ぜひ、皆さんも楽しんでいただきたいと思います。それから、ぜひぜひ仲間を集めて、遊んでみてほしいです。

さて、ではでは、最初は「こんな冒険」も、体験できちゃうんだよ！　ということで、その「こんな冒険例」を小説仕立てで紹介することにしました。

つまり、このフォーチュンは、本編とはほんの少し違う時間軸にある話だと考えてください。

ほとんど内容は変わってしまいましたが、このお話、わたしがゲームマスターを務め、ファンの皆さんと一緒にTRPGで遊んだこともあるシナリオを基にしているんです。

ゲームマスターをしている間に、どんどん頭のなかのパステルたちがリアルに動き出して、ぜひ小説に書いてみたいと思っていました。

こんな形で実現できることができ、とても喜んでいます。

皆さんも、本編や外伝とは、また少し違った形のフォーチュンを楽しんでいただければ、うれしいです。パステルたちの髪型や服装も、ちょこっと違ってます。

とはいえ、わたしが書いてて、迎さんがイラストで、世界も一緒、登場人物も一緒……ほぼ……いや、九九％一緒なんだけどね。

静かな湖畔のモンゲーナ

目次

準備は万たん、おこたりなく！

1

空は澄み切ってあくまでも青く、むくむくとわきあがる雲はあくまでも白く！

太陽は容赦なく照りつけて……。

この辺は、気流の関係なのか、シルバーリーブとは比べ物にならないくらいあったかい。

いや、暑いといってもいい。

ううう、こんな日は帽子でもかぶりたいよ、もう。

汗、だらだら。

ようやくたどりついた町は、ちょっと大きめの湖畔に、こぢんまりと開けた町。

シルバーリーブより少し南へ行った場所にある。

あるクエストを終え、拠点にしているシルバーリーブへ戻る途中だった。

山を越えてやってきたわたしたちの前に、パアッと視界が開け、きらきらと輝く湖と白い帆のヨットが目に飛びこんできた。

そうなのよ。
小型のヨットが何艘も浮かぶような大きな湖。
名前は、アンバー湖。
町の名前もそのままで、アンバーという。
湖面から吹いてくる風も爽やか。
こうなると、現金なもの。
今の今まで、暑いだの疲れただのと文句を言っていたというのに、
「わぁ——い！　着いた着いた!!」
両手を翼のように広げて、わたしは走り出した。
ずっと続いた登り道とは違って、今度は下り。
「わあーい、ついたついたぁ！」
ルーミィもわたしの真似をして、走って降りてくる。
シロちゃんも、うれしそうにシッポをふりふり走ってきた。
「おーい、こけるなよ！」
クレイの声。
うっふっふっふ。

そんなこと言われたってねー。

「うっひゃぁー！　すっげー。おい、あれあれ!!」

わたしの横をすごいスピードで走り抜けてったやつがいる。

さらさらの赤毛を風になびかせて……。

と、くりゃ誰かわかるよね。

盗賊のトラップ。

彼が何に感動していたか……というとだ。

町をそぞろ歩いていたお姉さまがた。

みんなリゾートっぽい格好……夏っぽい格好というか。ま、要するに、きわめて肌を露出したスタイルだったのだ。

ほんと、すごいや。

わたしみたいに、アーマーなんか着てる人いない。

みんな上はビキニやタンクトップで、下はミニスカートかショートパンツだもんね。

日焼けした長い足が眩しい。

石造りの道を素足にサンダルというスタイルで歩いている。

「これはこれは！」

キットンもクレイも、ノルまでもが鼻の下をのばして、うれしそうな顔しちゃってる。

「んもう。まずは宿屋を決めて、ひと休みしようよ。わたし、もうくったくた」

わたしが言うと、ルーミィは、

「ルーミィはおなかぺっこぺこだおう!?」

と、ふっくらほっぺをふくらませた。

「そうだね。とりあえず、荷物置いたら、ご飯食べに行こう」

「そうですね。賛成です。わたしも足が棒のようですよ」

キットンも賛成してくれた。

「ずっと山道だったからな」

と、言ってるノルはさすが体力あるよね。汗はかいているけど、ぜんぜん疲れてない顔だ。

でも、それ言ったら一番疲れてない顔しているのがトラップ。

もうどっかに行ってしまって、姿が見えない。

「お――――い。待てよ、待てったら!! 宿屋決めるぞ、こら!! トラップ!!」

クレイが大声で怒鳴っている。

あーあ、ほんと。糸が切れた凧とは、彼のことを言うんだろうね。

「なるほどー!」

2

というわけで、メンバー紹介をしよう。

まずは、わがパーティのリーダー、クレイ。先祖代々騎士様という家柄の三男坊で、ファイター。

フルネームは、クレイ・シーモア・アンダーソン。

背も高く、体格もいい。明るい鳶色の目をして、長めの黒髪の彼は、行く先々で女の子にキャアキャア言われちゃうくらいにかっこいい。

剣の腕もそうとうなものなんだけど、本人、あまりバッサバサと斬って斬って斬りまくるっていうのは趣味じゃなくて、どっちかというと剣のお手入れをしているほうが心落ち着くらしい。

同時に、それは彼の深い悩みの種でもあるんだけどね。

つまり、ファイターらしくない自分が、リーダーとしての資質も欠いてるんじゃないかって。

もちろん、わたしはそんなこと思わないし、そんなクレイがいいと思ってる。

あと、自分の落ち度でもなんでもないのに、不幸な目に遭ってしまうことが多々あり、大

いに同情している。

次は、さっき糸が切れた凧状態だった人。彼は盗賊のトラップ。

さらさらの赤毛と派手派手な服が特徴。特に、先祖代々受け継がれた伝説の緑のタイツというのがすごい。最近は、タイツはどこかにしまってて、普通のズボンをはくようになったけど、時々またはいたりもしてる。

クレイとは幼なじみで、彼の家も代々盗賊という家柄。ブーツ一家という大きな盗賊団のひとり息子である。

クレイもそうだけど、目下のところ、ふたりは修行中の身なわけよね。

トラップっていうのはあだ名。本名は、ステア・ブーツという。

身軽な体を活かしての逃げ足の速さと、さまざまなトラブルの元となる口の悪さは、天下一品。

口の悪さというか、一言も二言も多い、あれをなんとかしてほしい。

相手にするまいとは思うんだけど、ついついカーッ！　と来てしまう。

でも、盗賊としての腕もいいし、時々ドキッとするような的を射た発言もあったりして、けっこういいところもあったりなかったり。

武器はパチンコ。

そして、不思議な人物、キットン。

ボサボサ頭で、お風呂が大嫌い。

マイペースで、いつも何か調べ物をしている。

記憶喪失だったけど、後に、キットン族という種族の謎にからんだクエストのために記憶をなくしていたということがわかり、記憶を取り戻す。

その上、キットン魔法というよくわからない魔法まで使えるようになっちゃう。

でも、今回の冒険の時点では、まだ記憶喪失のまま。魔法も使えない。

薬草やキノコのことにくわしくって、役に立つことが多い。

武器はクワ……だけど、あんまり前面に出て戦ったりはしないね。

戦いの時、彼の一番の仕事は、あのモンスターポケットミニ図鑑を調べること。

モンスターたちの弱点などを調べるわけ。

巨人族のノルは、行方不明の双子の妹、メルを捜すために冒険者となった。

後になって、メルは無事見つかり、再会を果たす。

二メートルをゆうに越す彼は、その体格に似合わず、趣味はあやとりだったりしてね。
とにかくすっごく優しい。
それに、動物によっては話もできるんだよね。
小鳥と話しているノルを見ると、いつも感動する。
武器は斧。
お父さんが木こりだったそうだけど、今は運搬業という職業についている。
ま、でも、実際はファイターっぽい働きをするんだけどね。
この体格から繰り出す攻撃は、かなりの威力で、いざという時には大変頼りになる。
ううん、それ言ったら、いっつも頼りになるよね。
でも、ふだんはルーミィ相手にあやとりをしてたりする、そんな人なんだ。

そして、ルーミィ。
エルフ族の女の子で、いつも「おなかぺっこぺこだおう！」と言ってる。
愛らしいサファイアブルーの瞳とふわふわのシルバーブロンドの髪。
ぷくぷくしたバラ色のほっぺ。
どこを見ても、ぎゅっと抱きしめたくなっちゃうくらい、天使みたいにかわいい。

だけど、彼女は、わたしが浪人までしてやっと合格した冒険者資格試験に一発で合格したほどの、魔法センスの持ち主でもあるのよね。

特にファイア系の魔法が得意。

あとは、ファイアーとコールド、それからストップ。

どれもレベルは低いけど、火に弱いモンスターは多いからね。

とっても役に立つんだ。

舌っ足らずの口調で、いつもわたしの口真似をするのが彼女の癖。

それから、忘れちゃならないのがシロちゃん。

ホワイトドラゴンの子どもで、とあるダンジョンの中で出会った。

そのまま、ずっと一緒に行動している。

人間の話もでき、なぜか言葉の最後に「……デシ」とつく。

くりっとした黒い瞳と黒い鼻、ぷにぷにした肉球がチャーミング。

ふわふわした白い毛、背中には白い羽根。

その羽根と、頭の上の小さな角さえなければ、どこから見ても小犬なんだよね。

幸運の白いドラゴンの子どもだっていうことで、悪い人にさらわれたりしないよう、いつ

もは犬のふりをしてもらっている。

でも、ついつい「わん」ではなく、「わんデシ！」って言っちゃうんだよね。

少しの間なら、十メートルほどの大きさにもなれるし、空も飛べる（へただけど）。

それから、敵意をもったモンスターに遭遇した時、黒い目が緑に光るという特徴もある。

いつもルーミィと一緒に遊んだり寝たりしていて、わたしたちにとって欠かせないメンバーのひとりなのだ。


最後にわたし。

パステル・グロリア・キング。

詩人兼マッパーというのが、わたしの職業。

詩人としては、たいして役に立ってないけど、こうやって冒険のようすを小説仕立てに書き直したのを売って、生活費の足しにしたりはしてる。

それから、マッパーではあるけど、なんとわたしってば、どうやら致命的な方向音痴らしいのよね。

冒険者になるまで、それほどの自覚がなかっただけに、これはショック！

でも、しかたない。トラップに怒鳴られながらではあるけど、少しずつ慣れていって、な

んとかマッピングはできるよう努力している。

髪は金髪に近い茶色で長く、後ろでひとつ結びにしている。時々はヘアスタイルを変えたりしてるけどね。

武器はショートソードとクロスボウ。

遠距離の攻撃なら、まかせて！　と、胸を張りたいところだけど、こっちもなかなか命中しないのよね。特訓中です、はい。

いつも赤字のわがパーティ、経理をまかされ、お金のやりくりという難事業に取り組んでいる。

3

この町は、湖でとれる魚や温暖な気候を利用して作る花、そして湖のほとりに観光にくる人たち相手の商売で成り立っているようだった。

だから、とってものんびりしてて、明るいイメージ。

街角にも花屋さんが多いし、手作りのブーケを作って売ってるようなかわいらしい店もあった。

わたしたちは宿屋を決める前に、冒険者ギルドに行くことにした。

ふぁずの
TRPG
コラム

キャラクターを作る

キャラクターメイクはめんどっちいという話を書いたけど。でも、やっぱりこのキャラクターメイクというのがTRPGの醍醐味だったりするのよね。

フォーチュン・クエストTRPGの場合は、パステルやクレイというキャラクターがいるので、それを使って、パステルになったりクレイになったりしてくればいいけど。

慣れてきたら、自分で作るのも楽しいよ。

キャラクターを作るというのは、小説を書いたりするのの練習にもなるしね。

わたしが個人的にやってる『D&D3rdエディション』のパーティでも、ユニークなキャラクターがいっぱいいる。

なかでも、昔からのゲーム仲間でありフォーチュンチームの一員でもあるTAMAちゃん(彼はリプレイの時、キットン役をやっている)、彼のキャラクターがユニーク。

華麗なものが好きな身軽なドワーフっていうんだから。

何せ、持ってる武器がレイピアですよ!

あの、三銃士とか、騎士たちがチャンチャンと戦う時に使う細い剣、あれね。

ドワーフが持ってるのを想像してみてよ。

おかげで、せっかく防御力も高く、命中率も高いっていうのに、加えられるダメージが少ない。

あれがレイピアではなく、バトルアックスか何かだったら、とっくの昔に死んでるよっていうパターンが多いんだよね。

でも、そういうキャラクターが楽しい。

テーブルトークって、別に早解きすりゃいいってもんじゃないし、何か得点を競うようなゲームでもないからね。

いかに、おもしろい物語をみんなで作り上げるかっていう遊びなので、これもアリなんですよね。

イラスト／美鈴 秋

旅行者や冒険者に向けたインフォメーションセンターがあったからだ。

ここで、簡単なマップをもらった。

「なるほど。ずいぶん小さな町ですね。湖の周りに、宿屋や食堂などのある通りが一本あるだけで、後は花市場と住宅街、それからこの辺は空き地なんでしょうか?」

地図を広げて（といっても、ピラッと小さな紙だった）キットンが言った。

「あのぉ、おれたち、さっき到着したばかりなんですけど。安くて居心地のいい宿屋、紹介してもらえませんか?」

クレイが聞くと、インフォメーションセンターのお姉さんが極上の笑顔で応対してくれた。

「あぁら、ハンサムなファイターさんね。ええ、あるわよ。ここなんて、どう?」

うわわわ。

真っ白な胸の谷間が目に飛びこんできた。

女のわたしでさえ、ドギマギしちゃいそうなのに。

どうして、こんなナイスバディなお姉さんがインフォメの係員なわけ?

そう思って見回すと、どう考えても、このお姉さん目当ての男の人がゾロゾロ。

「すみませーん。この字、どう読むんですかあ?」

とか。

「あのぉー、この地図の見方なんすけどねぇー」

とか。

たいした用事でもないのに、何度も何度も列に並んでは質問してる。

でも、このお姉さん、気のいい人らしくって。

「ああ、それね。『武器屋』って読むのよ！」とか「地図はね。上が北になってるの。だから、ほら、湖が下のほうにあるでしょ？」とか、いちいち優しく教えてあげてる。

えらいなぁ。

ま、そんなことはおいといて。

とりあえず、わたしたちはそのお姉さん（名前は、エリーゼ。バーンとした胸のてっぺん辺りにネームプレートが付けてあった）に教えてもらった通り、宿屋へ向かったのである。

名前は「せせらぎ亭」。

名前の響きからして、爽やかそうでしょ？

場所は、宿屋や食堂が並ぶ、にぎやかな通りからちょっと離れた場所にあった。

だから、とっても静か。

典型的なB＆Bスタイルの宿屋で、朝食付きで一晩、ひとり百七十G。

シルバーリーブのみすず旅館に比べればとんでもなく高いけど、ま、普通これくらいでし

よ。あそこが異常に安いってだけで。

部屋もこぎれいだったし、窓から見える景色をひと目見て気に入ってしまった。前を遮るものが何もなく、湖を一望できるのだから。

「うわぁ、きれいだねー！」

わたしが窓辺に立って大きく深呼吸すると、ルーミイも同じようにポンポコお腹をぷーっとふくらませて深呼吸。

「ふわあ、きえいらねー！」

と、真似をした。

湖面は夏の太陽を受け、宝石をちりばめた、とびっきり明るい色のドレスみたいだった。

4

「それじゃ、腹ごしらえして。町を散策するか？」

クレイが言うと、わたしたちは「わーい！」と両手を挙げ、歓声もあげた。

せせらぎ亭の前の道はそのまま湖畔のほうに降りていけるようになっている。

反対側に行くと、さっき言った店の多い通りに出られるんだけど、わたしたちはそっちのほうへ歩いていくことにした。

あ、そうそう。

トラップったら、結局、いなくなったままなのよ。

どうせインフォメーションに行くだろうから、わたしたちがせせらぎ亭に行ったことも、あのお姉さんから聞くだろうとクレイは言った。

ま、どうせそこで引っかかってるのかもしれないけどね。あのエリーゼさんにクラクラッとしているようすが目に浮かぶようだ。

別に心配はしてないんだけど。

ま、小さい町だしね。

通りの両側におみやげ屋さんや食堂、宿屋、居酒屋などが立ち並んでいる。

旅行シーズンのようで、人通りも多くにぎやかだった。

「あ、おいしそう！」

「パステル、こっちもうまそうだぞ。イチゴクリームのクレープ！」

「ほんとだ！」

「ややや、焼き魚なんて売ってますよ!?」

「ルーミイ、しゅぐ食べうおう!!」

なんて感じで、道沿いに売ってる出店から漂ってくるいい匂いの誘惑に勝てなかった。

やれ焼き魚だ、クレープだ、フレッシュジュースだと飲み食いしているうちに、なんだかいい心持ちにお腹はいっぱい。

「ほら、パステル、あげるよ！」

ふいに声をかけられ、振り向くと、小さなブーケを投げられた。

ピンクと白の花ばかりの、かわいらしいブーケを手に、

「⁇」

と、顔を上げる。

クレイがちょっと困ったような照れたような顔で笑った。

「あのさー。あそこのおばさんにもらったんだけど。おれ、持って歩くってのもなんていうか、変だろ」

見れば、ちょっと離れたところにあった花屋さんの店先に、エプロンがけしたおばさんがいて、こっちを見てニコニコ笑っていた。

なるほどー。

「でも、これ、クレイがもらったんでしょ？　なのに、わたしがもらっちゃっていいのかな」

そう言うと、彼は顔を赤くして、

「い、いいよ。いいに決まってるだろ。ほら、じゃ、ちゃんと名物料理食べたりするのは夕飯にしよう。で、パステル、明日にはここ、出発しなきゃいけないから、買い物だけ先にすませとこうぜ」

と、急にリーダーらしく提案した。

わたしたちに異存があるわけもなく、早速買い物に行くことにした。

買い物といっても、何か楽しみのためのショッピングっていうわけじゃないよ。

それだったらいいんだけどねー。

これまでの冒険で使ってしまってなくなったものを補充したり、新しく武器を買ったり、壊れたものを取り替えたり……というような買い物である。

とりあえず、ポタカンこと、ポータブルカンテラの替え芯とカートリッジ油でしょ。それから、携帯食料とか。

お腹いっぱいのルーミィは、ノルが肩車してくれてたから上機嫌だし、シロちゃんも物珍しそうにあちこちを見ながらついてくる。

「今回も、武器や防具のグレードアップは夢のまた夢だな……」

クレイがため息混じりに言った。

彼が見ていたのは、武器と防具の店。何人か、屈強の戦士らしき人たちが店に入っていった。

「でもさ。見るだけでも見てみようよ。後学のためにも！」

と、言ってみたが、クレイは寂しそうに首を振った。

「いや、やめとこうよ。見るとほしくなるし」

その時、わたしは重要なことを思い出した。

「そうだ。わたし、武器屋に用事があったんだ!!」

え？　って顔のクレイ。

そりゃそうよね。どうして、わたしなんかが武器屋に用事があるのって。

でも、本当なんです。

わたしは、ポカンとしているクレイを後目に、武器屋のドアを開けた。

カロコロコロンとドアベルの音。

「へい、らっしゃい！」

日焼けした、ぶっとい腕のおじさんが迎えてくれた。

膝まで届くようなエプロンをつけている。

「あのぉ、すみません。クロスボウの矢をいただけますか？　三本くらいでいいんです……」

わたしの一言に、後ろのみんな（特にクレイ）がズッこける音がした。

あはははは。そうなのよね。珍しく、この前の冒険ではわたし、クロスボウを撃ちまくったのだ。

いつもはできるだけ回収するんだけど、今回はできなくってね。

武器屋のおじさんは苦笑して言った。

「お嬢ちゃん、悪いが、矢は最低でも十本セットで買ってもらわなきゃな。うちはバラ売りしてないんだよ」

がびーん、ショック。

十本もいらないもん。重いし、かさばるし。

「そうですか……。困ったなぁ……。他に売ってる店ないですよね？」

「ああ、そうだな。武器屋はうちだけだ」

なんて話をしていたら、

「もしもよかったら、わたしと分配しない？」

と、申し出てくれた人がいた。

すらっと背の高い……そうだな、トラップと同じくらいの背の高さの女性。

軽いウェーブのかかった見事な金髪をなびかせ、スキッとしたデザインの革アーマーをつけていた。

その下には、高い襟の白いブラウスとベージュのズボン。

足、長ぁーい。

クレイに似た鳶色の瞳の彼女は、爽やかな笑顔で言った。

「わたしも矢の補充はするつもりだったし、十本は必要ないから、好都合なのよ」

「は、はい！　もちろんです。助かります！」

「あ、でも、あなたは三本でもよかったんじゃなかった？」

というわけで、その女性冒険者と五本ずつ分けることにした。

そう言われ、わたしは真っ赤になって言った。

「いえ、いいんです。やっぱり五本は必要だと思いますから……」

「そう。じゃ、十本セットでもらうわ、おじさん。おいくら？」

彼女が聞くと、武器屋のおじさんはにこやかに言った。

「二百Gだ」

うわっ、高っ！

一本二十Gもするの？

ひゃぁー、もったいなくって撃てやしないじゃないの。

わたしが内心、困っていると、彼女はおじさんに言ってくれた。

「あら、ずいぶんと高いのね。相場じゃいくら高くても百五十Gよ」

「すんませんねぇ。うちは、遠くから仕入れてるもんでね。その交通費などを加算させてもらってるんですよ」

おじさん、頭を掻いて言う。

それにしたってねぇ！

わたしが口を尖らせていると、彼女はさらに言った。

「そう。それならしかたないわね。でも、やっぱり二百Gというのは高すぎると思う。だったら、悪いけど別の町で補充するわ。あなたもそうするといい。こんなに高いんじゃ、おいそれと攻撃もできやしないでしょ？」

わたしがうなずいていると、おじさんが手を振って苦笑した。

「わかったわかった。じゃあ、百八十。これでどうです？」

「だめよ。百五十じゃなきゃ」

「それじゃ、利益なしだよ。じゃあ、百七十！」

「もう一声！」

「うーむ、では百六十。これ以上はダメだよ！」

と、言うおじさんに、彼女は指を突き付けて言った。

「買った!!」

5

「じゃ、レンジャーなんですか？」

「そうよ。わたしたちのパーティは変わってるの。全員レンジャーなの」

「全員？」

「そう。その代わり、みんなそれぞれ得意なジャンルを持ったレンジャーなの。わたしは体力もあるし、ショートソードも持ってるから、接近戦もある程度できるわ」

「へぇー!!」

たしかに背も高いし、すらっとしてるけど意外と筋肉もついていそう。

「他にはどんな人たちがいるんです？」

クレイも興味津々という顔で聞いた。

フランシィという名前の彼女は冒険の途中、この町に立ち寄ったそうで、他のメンバーもそれぞれ買い物をしているとのこと。

レベル9のレンジャーだった。

そうそう。

レンジャーって、どういう職業かっていうと、実はわたしもよくわかんないんだ。

身軽で、身のこなしもよくって、弓を使ってるっていうのがすぐ頭に浮かぶくらいで。

フランシィは、クレイの質問に答えた。

「そうね。ルビィは盗賊の技能を持っているわ。それから、メロディは治癒の技能を持っているし、キャシィはファイアーやエネルギーボルトを撃てるレンジャーよ」

ええ？

ルビィ、メロディ、キャシィですって？

同じ疑問を持ったらしく、クレイが聞いた。

「あのぉ、失礼ですが……もしかして、みなさん女性のパーティなんですか？」

フランシィはコロコロと笑った。

「ふっふふふ。そうよ。しかも、全員レンジャー。おもしろいでしょう？」

「たしかにおもしろいですが……」

わたしとクレイは顔を見合わせた。

「ま、そういうことだから。あなたたちは、いつ出発するの？」

フランシィに聞かれたから、明日だと答えた。

すると、

「わたしたちは、ちょっと用事があって、この町まで来たの。それがすんだら、船で向こう岸まで渡ろうと思ってるのよ」

と、答えた。

「わたしたちは、もう帰るところです。シルバーリーブという村へ」

「ああ、知ってる。途中、通ってきたもの」

「ほんとですか？」

「ええ。さて、じゃあ、みんなが待ってるの。またね！」

フランシィが立ち去った後には、すがすがしい森の香りが残ったような気がした。

「いろんなパーティがあるんだね」

わたしが言うと、キットンが大きくうなずいた。

「そうですねぇ。でも、農夫や運搬業のいるパーティっていうのも珍しいと思いますが。ひゃっはっはっは!!」

って……、そりゃ、うちらのことでしょ。しかも、農夫ってキットン、あなたのことでしょう！

ふぁずのTRPGコラム

おかいもの、おかいもの!

ショッピングというのも、TRPGの楽しさのひとつ。

前の冒険で得た報酬とか、手に入れたものを売って得たお金とかで、いろいろと買いそろえるのよね。

食料や油などの消耗品から、武器や防具まで。

今まで持っていた武器をバージョンアップし、当たりがよくなり、ダメージも大きいのが入るようになると、本当にうれしいもんです。

わたしはフォーチュン・クエストTRPGでは、よくトラップの役をやるんだけど。

なんとかかんとかパステルをだまくらかして、自分だけ小金を貯めこみ、わざと換金しないで宝石の粒とかを大事にへそくったりしてました。

なのに、ある日、キャラクターシートが真新しくなっていたことがあって。

せっかくへそくってた宝石やお金が全部パアに!!

今さら、そんなことしてたとも言えず(本当は言ったけど)泣く泣く、また一から再スタートしたということもあります。

で、いつも思うんだけど。もっと買い物できる商品を増やしてくれないかなってこと。

あと、アーマーとかも、いろんなデザインがあるといいなぁなんてね。

イラスト/美鈴 秋

たしかにバランスの悪いパーティかもしれないけど、そんなに笑わなくたって。

ぷーっとふくれてると、クレイが言った。

「さてと。じゃあ、次の買い物行こうか？」

というわけで、わたしたちは必要なものを買いそろえていった。

途中、キットンが薬屋に寄りたいと言ったので行ってみると、彼は買い物もそこそこに、自分の見つけた薬草を店のおじさんに見せ、買ってくれないかと交渉を始めた。

それ、紫色のツルがまきついた棒のよう。

ついこの前の冒険の時見つけた、とっても珍しいものなんだそうな。

「おや、これはギンブウドですね？　珍しい！」

ちょび髭にツルツル頭の薬屋のおじさんもびっくりしていた。

「ねぇ、それ、なんの役に立つの？」

わたしが聞くと、キットンは得意そうに答えた。

「これはですねぇ。たいがいの痺れをたちまちにとるという、大変素晴らしい薬効の木なんです」

「へぇー、でも、それじゃ売らないで持ってたほうがいいんじゃないの？」

「いえ、だって何かに痺れるなんてことありましたか？」

そう聞かれてみると、たしかにないな。

あんまりないっていうか、ほとんどない。

「使わないものなら売ったほうがいいんです。パステル、いつも家計が苦しい苦しいって言ってるじゃないですか」

ふむふむ。

たしかにそうかも。

っていうか、キットン、いいこと言うじゃないのよ!!

急に感動しちゃって、キットンの手をぎゅーっと握(にぎ)ったら、彼はまんざらでもないって顔で「ま、そんなに感謝しないでくださいよ。全部使ってくださいとは言ってませんから」だって。

「ええ?　なんだ、そうなの?」

と、わたしががっかりすると、彼は「そりゃそうですよ!」と、言いながら店の品物をあれこれ見て回り始めた。

そうか。

何か別の薬を買うのか。

ま、それならしかたないね……って思ったのも束(つか)の間(ま)。

だって、彼が買ったものっていうと、「猫をゴロゴロいわせる木」だとか「ちょっとだけ口封じする薬」だとか、およそなんの役に立つのかよくわかんないっていう薬ばかりなんだよね。

ま、キットンが見つけたものを売ったお金なんだから、こっちが文句言うわけにはいかないけどさ。

それにしてもなぁ。

どうせなら、もっと役に立ちそうなものを買ってほしいよ。

キットンの薬箱
ギンブウド
種々雑多な痺れをとると言われる薬草。
実際に試したことはなし。
いつか誰かが痺れるようなことが
あれば使ってみようと思いつつ、
そのチャンスもなかった。
残念である。
ちょっとだけ
口封じする薬
猫をゴロゴロいわせる木
いわゆるマタタビによく似た木。
こっちのほうが効果があるという噂。
乾燥させたものを粉にして、エサに
振りかけたり、燃やして使ったり
する。人間には効かないと
いうが、実験の価値あり。
これは遊びで買った。たぶん、
効果は期待できそうにない。
あまりに安かったからだ。
しかし、人というのは思いこ
みによって簡単に左右されて
しまう動物だ。もしかしたら、
うまくいくかも。

依頼主、あらわる

1

買い物もすませ、いったん宿屋に戻ったわたしたち。

さっきいっぱいになったお腹がもう空き始めてしまったから、日はまだ高かったが、早めの夕飯をとることになった。

場所は、さっき行った武器屋の隣。

「湖畔亭」という、なんだかマンマな名前の居酒屋兼食堂。

店のおもてにあったメニューがあんまりおいしそうだったから、ここに決めたんだよね。

早めだったからか、あまりお客さんはいなかった。

「ったく。トラップのやつ、どこ行ってんのかな」

クレイが言う。

「だいじょうぶよ。どうせ、明日には出発するんだし。あんまりお金持ってないはずだから、ギャンブルですっちゃったとしても大した額じゃないと思うし」

わたしが言うと、クレイは真顔で言った。

「あいつは、ない金も賭けるの。それが恐ろしいんだから……。ま、さすがにこの竹アーマーは賭けないだろうけど」

「あっはっははははっ。まっさかー！」

「ぎゃっはっはっは。そんなはずないでしょう!?」

ついわたしたちが大笑いしたら、クレイは何かすっごくショックを受けたという顔で口をつぐんでしまった。

「ご、ごめんごめん!」

あわてて謝ったけど、後の祭り。気まずい感じだったんだけど、

「おれ、焼き魚がもう一度食べたいなぁ」

と、ノルがのんびりした声で言ってくれて、その場の空気が一気になごんだ。

「ルーミイも、ルーミイも!!」

ルーミイはメニューを広げて大騒ぎ。

彼女の身長の半分ほどもある、巨大なメニューだったんだよね。

結局、ここの名物料理だという、シーフードグラタンとグフグフのナッツソテーっていうのとマトマサラダを頼むことにした。

やがて、ドカドカと運ばれてきた料理を見てびっくり。どれもビッグサイズで、一皿が四人分くらいあるんだもの。

でも、おいしー！

シーフードグラタンは、とろけるチーズがたっぷりかかって、食べる時に苦労したけど。あと、グフグフって魚は初めてだったけど、あっさりした白身の魚で、香ばしいナッツとの相性が抜群にいいんだよね。

みんなハフハフ言いながら、焼きたてのパンと一緒に夢中になって食べた。

……と、その時、

「あの！　どうしても引き受けてはくださいませんか？」

という、ちょっと切羽詰まったような女性の声がした。

見ると、店のドアを開け、スラッと背の高い女性が大股でやってきていて、その後ろからチマチマっとした女性が追いかけてきていた。

背の高いほうの女性は、淡いオレンジがかった茶色の服を着ていたが、ひと目で冒険者とわかる格好だった。

小柄なほうの女性は、黒く長いスカートのワンピースに、白いエプロンというメイド服。長い黒髪をゆるい三つ編みにして、頭に白いレースをつけていた。

「湖畔亭」名物料理
湖畔亭の料理は、すべてビッグサイズ。
アンバー湖でとれた新鮮な魚介類を
木の実や香味野菜を活かして、
香ばしく仕上げております。
店長自慢の焼きたてパンも美味！
シーフードグラタン
グフグフのナッツソテー
マトマサラダ
焼きたてのパン

冒険者のほうの女性は、ドカッと席に座ると、

「とりあえず、ビールちょうだい！」

と、注文した。

その前に、メイド服の女性が立ち、両手をすりあわせ話し続けた。

「たしかに報酬といえる報酬はお支払いできないかもしれません。でも、でも、あれはお嬢様の大切なものなんです！　亡き旦那様の形見なんです！」

「もうそれはわかったってば。報酬とか、そういう問題じゃなくって、ほんと時間ないの。別に用事があるからさ。他にもいるわよ、適当な冒険者が。……ほら、あの人たち、人の良さそうな顔してる。彼らに頼みなさい」

大柄な彼女は、なんとわたしたちのほうを見て、そう言った。

「へ⁇」

クレイが自分の顔を指さしていると、メイド服の女性がタッタッタッと走り寄ってきた。

「もう、こうなりゃどなたでもけっこうですわ！　あなたがたも一応冒険者なんですよね？」

あ、あのぉー……。

なんか、ずいぶんな言われようされてる気がするけど。

とりあえず、わたしたちは内心「なんだなんだ？」と思いながらも、コクコクと小さくう

なずいた。

すると、彼女はガバッとクレイの手を両手でつかみ、その場にひざまずいた。

「ああ、よかった。神様、ありがとうございます。実は、わたくし、ケイトと申す者ですが、ちょっと離れた丘の上のお屋敷に勤めております。サッカルンド家と申しまして、それはもう大変由緒正しいお家柄なのでございますが、このたび、不幸にもご主人様がヨットの事故でお亡くなりになってしまいました。たったひとり残されたのが、ディアーナお嬢様でございます。お母上はお嬢様がまだお小さい頃に亡くなっておりますから。不幸というものは重なるものですわね。なんと、ご主人様が亡くなった後にわかったのですが、なんでも、生前、商売相手の方にだまされ、大変な借金を抱えてらしたとか。そこで、お嬢様は……」

と、まるで立て板に水。

目が点になっているクレイの目をじっと見つめ、とうとうと話し始めちゃったのである。

「あ、ちょ、ちょっと待ってください。ほら、ここに腰掛けて。落ち着いてくださいよ。ぼくらには、何がなんだか……」

あわてて、クレイがケイトと名乗った彼女に椅子を勧めた。

ケイトは、涙ぐみながら椅子に腰掛け、

「ああ、なんてお優しい方なんでしょうか。あなたなら、きっとわたくしたちの窮地をお救

いくださるでしょう！」

と、これまた大げさに言ったのだった。

そして、さっきの話の続きを話してくれたんだけどね。

結局、そうして、お嬢様はというと、屋敷のもの全てを差し押さえにされた上、さらに残った莫大な借金を抱え、途方に暮れていた。

すると、その借金を全て返済してあげる代わりに、うちの息子の嫁に来いと、ある社長が言い出したんだって。

他に返済するあてもないから、ディアーナお嬢様は泣く泣く、それに従うことにしたんだけど。

たったひとつ、大切にしていた父親の形見である指輪を、ついさっき猫に持って行かれてしまったんだとか。

どうしても、それだけは見つけたいから、ぜひ協力して探してくれないかという話だった。

当然のことながら、報酬はほとんど期待できない。

でも、そのディアーナお嬢様ってどんな人だろう。

会社の社長が息子の嫁にと懇願するくらいだから、かなりきれいな人なんだろうけど。

幼くして母親を亡くし、そして、今、莫大な借金を抱えて途方に暮れている薄幸の美女……。

なんていう図がわたしの頭のなかに浮かんでいた。

「しかし、どうしてぼくたちなんです？　猫を捜すんだったら、別に冒険者じゃなくてもいいんじゃないかな」

クレイが言うと、ケイトは恐ろしそうに声を潜めた。

「それが、その猫というのが普通の猫じゃないらしいんですの。背中にドクロのマークのついた、なんとも不気味な猫だったそうで……。あ、猫が盗っていったのを目撃したのは、デイアーナお嬢様ですけどね。で、たぶんあれはただの猫ではなく、モンスターじゃないかって。だとしたら、普通の人には手に負えませんわねぇ。やはり、これは専門家じゃなきゃ！」

なるほどお。

というわけで、彼女は冒険者ギルドに行き、適当な冒険者がいないか物色していたところ、さっきの長身の女性を見つけたんだそうだ。

「わたくし、女性だったらわかってくださると思ったんですわ。なのに、報酬が少ないと聞いたら、即座に断ったんですのよ！　なんて冷たい、血も涙もない方なんでしょう！」

い、いや、それは言い過ぎなんじゃないのかなあ？

まあ、でも、あの断り方はちょっとひどいかなとは思ったけどね。

……と、思って、さっきの長身の彼女を見てみると、彼女はひとりでグビグビとビールを

ふぁずの
TRPG
コラム

ロールプレイ

ＴＲＰＧを始めた頃、戸惑ったのが、どこまで演技すればいいの？　ってことでした。

なんか気恥ずかしいよね。

特に最初のうちとか、キャラクターにも慣れてないわけだしさ。

結局ね、それは人によるんだと思います。

キャラクターになりきって、演じるのが楽しいって人もいるし、やっぱりそれは抵抗あるからって「では、『え？ そうなの？』って感じで聞いてみます」とか、言う人もいます。

でも、できれば……できればですけどね。

「ま、そこは適当に、いろいろ聞いてみるんじゃないの？」とか。

「相談することにします」とか。

なんだか抽象的なことばかり言う人が、たまにいますが、それだと臨場感のあるお話作りがなかなかできません。

できればその質問の内容とか、相談の内容を具体的に言うほうがいいですね。

最初は戸惑っていたわたしですが、今やトラップになりきって、「ちょ、ちょっと。おめえら、何考えてんだ！　こんな安い報酬で受けるって、バカ、どこにいる!?」なんてぐあいにやってますけどね。

こんな安い報酬でうけるバカどこにいる!!
で…でも～～

イラスト／美鈴 秋

飲んでいた。

「ねぇ、パステル。彼女、誰かに似ていませんかねぇ。わたしは、どうもそんな気がしてならないのですが……」

キットンが言う。

わたしも同じことを考えていた。

でも、誰に似ているのか、思い当たらないでいた。

その時、急に後ろから声がかかった。

「ばあーか。ったりめえだろ？　報酬が労働に見合わなきゃ、断るのが普通なの！　それをいちいち血も涙もないなんて言われた日にゃ、やってられませんて」

振り返るまでもなく、その声、口調はトラップのものだった。

「いったい今までどこ行ってたの!?」

わたしが聞くと、彼は涼しい顔をして隣に座り、なんとわたしが今、まさに食べようとしていた魚の切り身をパクッと食べてしまった。

「おお、ここの料理、うまいじゃんか！　もう、腹減って腹減って……」

と、バクバク食べ始めたのである。

ケイトは、ちょっと面食らった顔をしていたが、気を取り直して、クレイに言った。

そういやこの人、どうでもいいけど、さっきからクレイにしか話しかけないんだよな。

「後生でございます。どうか人助けだと思って、引き受けてくださいませ。わたくしでできることでしたら、なんでもいたします！　なんでしたら、一生お仕えしてもよろしゅうございますわ！　あっ、な、なんてことをわたくしは!!」

なんちゃって、彼女はひとりで真っ赤になってイヤイヤをし始めた。

はぁぁぁ……。

クレイもどうにも困ったという顔をしていたが、ここまで言われて断ることなんかできるはずもない。

「わかりました。ともかく、そのディアーナさんに会いましょう」

と、言った。

これにはトラップが大反対。

「おいおいおい、あのなぁ。あっちの姉ちゃん、きっちり断ったんだろ？　そんな仕事、簡単に受けるなよ。おめえは、すぐそうやって同情したあげくに安請け合いする！　あめぇーんだよ」

でも、クレイはきっぱり言った。

「困ってる人がいるんなら、話くらい聞いてあげてもいいと思うぜ。じゃなきゃ、おれたち

はなんのために冒険者なんかやってるんだ」

この一言で、ケイトは失神寸前という顔になった。

トラップは大きくため息をついた。

クレイがこう言い出したら、さすがのトラップでも反論は無駄だと知っているからだ。

そして、やっと正気に戻ったケイトが、

「では、申し訳ございませんが、時間もございませんゆえ、早速今からでも、屋敷のほうに来ていただけないでしょうか？」

と、言ったのである。

店を出る前、ちょっと見てみたら、さっきの長身の彼女もこっちのほうをチラッと見ていた。

あの人、いったい誰に似てるんだろうな。

2

依頼主の家、サッカルンド家の屋敷は、町の中央より山よりの、小高い丘の上にあった。

細く、くねくねと続く石段を登った突き当たり。

周りには、涼しげな影を作っている木々が並び、足下にはかわいらしい草花が植えられて

いる。

振り返ってみると、湖と町並みが全て見渡せた。

もう夕方、空は夕焼け色。

湖も明るいオレンジ色に光っていた。

ふうふうと息を切らしながら、やっとのことで到着。

わたしたちは、まず、その門構えに驚いた。

いや、門自体は、白くて唐草模様とかもあって、きれいなのよ。

でも、そのきれいな門にデカデカと赤い紙が貼られてあったのだから。

「なーんか、どっかで見たような風景だなぁ……」

クレイが首をひねる。

そういえば、わたしも見た気がするけど、でも、どう考えても思い出せない。

「わかりました。それはきっとデジャブーですよ！　将来、わたしたちもいつか家を持つ。でも、借金まみれになって、ついに赤紙をベタベタと貼られまくってしまうという!!」

なんていう冗談にもならないことを言ってるキットンの頭をトラップがポカッと殴った。

「な、何するんですかぁー！　まったくトラップは乱暴なんだから!!」

「ほれ、くだらないこと言ってねえで、とっとと入るぜ！　でもな。あんまり割に合わねえ

仕事だったら、おれは帰るからな！」

屋敷の中に入っていったが、どこもかしこも赤紙だらけ。

庭のベンチや噴水にまで赤紙貼られてるんだもんね。

「さあ、こちらです！」

と、案内され、客間に通されたわたしたちは唖然とした。

予想はしていたけど、すべて赤紙が貼られていたからだ。

「すげぇー！」

トラップがそう言いながらソファーに座ろうとすると、

「あ、ダメです！」

と、ケイトが飛んできた。

そして、トラップを引っ張りあげて言った。

「申し訳ございませんが、皆さんこちらに座ってらしてください」

なんと、そう言って指し示したのは床よ、床。

「おい、この絨毯はいいのか？」

トラップがうんざりした顔で聞くと、ケイトは真顔で答えた。

「本当はダメなんですが、しかたございませんものね。でも、できるだけ汚さないよう注意してくださいまし。では、お嬢様をお連れしますわね!!」

わたしたちは、ぽつねんと床の上に座って待っているしかなく。

「なんだかなぁ……」

クレイが天井を見上げながらつぶやいたのであった。

しばらくして、問題のディアーナお嬢様がやってきた。

薄幸で、深窓のお嬢様……というのをみんな少なからず期待っていうか、想像していたと思う。

なので、ちょっと目をパチクリ。

「あ、ごめんねー!　待たせちゃってさぁ!!」

って、軽いノリで登場。

たしかに、かわいい顔をしているけど、なーんかこうお嬢様っていうイメージとはほど遠いのよね。

どっちかというと、その辺の店で働いている元気印の女の子っていう感じ。

でも、腕を怪我しているようで、片方の腕だけ包帯グルグル巻きにして、いちご柄の三角

巾で吊っていた。

髪は明るい茶色。

くりくりとよく動く大きな目も、同じような茶色だった。

服は黒のミニのワンピース。

短い袖は、ふわんとふくらんでいて、ウエストの部分が切り替えになっている。

ミニのスカート部分は、ギザギザの透けた布が幾重にも重なったデザイン。

とても喪服には見えないけど、一応、喪服ではあるのかな??

わたしたちがびっくりして見ていると、彼女は大声で話し始めた。

「あ、これ？　アッハッハッハ、なんかさー。あたし、ドジしちゃって。骨にヒビ入っちゃったのよぉ。じゃなきゃ、あんたたちに頼んだりしないで自分で捜しに行くんだけどさ。あ、聞いてるでしょ？　ほら、猫に大切な指輪盗られたって話」

「は、はぁ……」

クレイがようやくうなずくと、彼女はクレイの前にちょこんと座った。そして、

「ああー！　この人でしょ!!」

と、ケイトに言った。

彼女は顔を真っ赤にした。

「うっふっふ。ケイトってば、面食いだからなー！　一発でわかったよ。ほんとだ。すっごいハンサム！　ねえ、あなた、彼女いるの？　あ、それともこの人、彼女⁇」

今度は、わたしのほうを見た。

「ええー？　ち、違いますよぉ‼」

わたしが即座に言うと、トラップがゲラゲラ笑いだした。

「こら、んな間髪入れず否定するなよ。失礼なやつだな」

すると、ディアーナ、今度はトラップのほうを指さして言った。

「あ、ごめんごめん。あなたのほう？　彼女の彼氏は⁉」

「な、なんだぁ⁇」

さすがのトラップもこれにはびっくり。

「あ、あのなぁ‼　そんなこたぁどうでもいいから。早いとこ、用件言えよ。時間がねえって、あの姉ちゃんが急かすから、すぐ来てやったんだぜ？」

ムッとした顔で言うと、ディアーナはキュッと肩をすくめた。

と、その時である。

リンゴ――ン！　と、ドアベルが鳴り響いた。

「あら、どなたでしょう？　あのドアベルも使ってはいけませんのに‼」

ケイトはそう言うと、あわてて玄関のほうへ走っていった。

ドアベルにまで赤紙が貼ってあるってわけ⁇

3

「おや、あんたがディアーナお嬢さんかい。デイブからはよく話を聞いていたよ！」

なんだか妙に馴れ馴れしい態度。

ゴツゴツっとした四角い顔。

ずんぐりむっくりした体型の中年男は、窮屈そうな背広を着こみ、帽子を取って挨拶をした。

「俺は……い、いや、わたしは、ハッサンという者でな。デイブ……あんたのお父さんとは旧知の間柄。昔、一緒に冒険をした仲間だったんじゃよ。大の親友といったほうがいいかなあ！」

そして、急に顔を曇らせ、

「いや、それが、風の便りであんたのお父さんが亡くなったと聞いてな。取るものも取りあえず、駆けつけたというわけじゃよ」

と、声を落として言った。

「それはどうも！　でも、なんだか不思議」

ディアーナはそう言うと、肩をすくめてみせた。

きっと、これは彼女の癖なんだろうな。

「な、なんじゃ。どうして不思議なんじゃ？」

ハッサンがあわてて聞くと、彼女は答えた。

「だって、きょうおじさんで三人目よ。昔の仲間なんだ、自分は親友なんだーって。おんなじことばかり。そのわりに、一度だってうちに遊びにいらしたことなかったじゃない？　なのに、今になって急にやってくるなんて。そうそう。そういえば、冒険をしていたっていう話は前に聞いたことあったけどね」

ハッサンという男は額に汗を光らせて言った。

「お、おい、それは本当か!?　わたしの他にも訪ねてきた奴がおるというのは！」

「ええ、本当よ！」

「そ、それは、もしかして、顔の青白いひょろーっとしたヘビみたいな男と黒目黒髪の猫みたいな女じゃあなかったかね？」

「まあ、知り合いなの？　その通りよ！　みんなそろって、お父様の形見の指輪をくれって言ってたわ。でも、あたし、あの指輪だけは誰にも譲りたくないの。だって、あれだけなん

だもん。あたしに残されたお父様の形見って……」

そうか！

他のものはみんな赤紙貼られちゃったのかも。

ディアーナは、元気いっぱいだった顔を曇らせていた。鼻の頭も赤くして。

あれ？

もしかして、泣いてるのかな。

目がうるんでいる。

でも、その指輪を変な猫が盗っていっちゃったんじゃなかったっけ？

「そ、そうか。そうか。ま、それもわかるが、わたしに譲ってはくれまいか。そうだ。どうだろう？　わたしが他のものを買ってやるから、それを代わりにしては。もっと高価な指輪を買ってやるよ。あんな変な模様のものを若い娘が持っていてもしかたないじゃろ？」

すると、ディアーナの顔がみるみる赤くなっていった。

「ばっかじゃないの!?　おじさんにそんなのもらったって、なんの意味もないじゃない!?　あたし、知ってるわよ。おじさんたち、大親友だなんて大嘘でしょ。冒険の時の仲間だった人たちにだまされて、お父さん、あの指輪ひとつしか分けてもらえなかったんだって言ってたもん」

ハッサンも顔を赤くして、食ってかかった。

「だ、だましたとは人聞きの悪い！　あいつは、小僧だったから、なんの働きもしなかったんだ。だから、報酬が少ないのは当たり前だろ！　デイブもとんでもない跳ねっ返りの娘を持ったもんだ。墓場で泣いてるぞ！」

これには、ディアーナの怒りも頂点に達した。

「な、なんですって⁉　突然、人のうちに押しかけておいて。信じられない!!　それにね。譲ろうにも、もうないの！　あの指輪は!!」

「な、なんじゃと？　指輪がない⁉　ま、まさか、さっきの奴らに渡したとかいうんじゃないだろうな⁉」

「ふん。渡そうにもないものは、ないの！　なくなっちゃったのよ。ほら、わかったら、とっとと帰ってちょうだい。そして、もうその顔を二度と見せないで!!　ケイト、お客様がお帰りよ!!」

ディアーナはそう言い放つと、わぁーっと泣き出してしまった。

「お客様、お引き取りくださいまし!!」

ケイトも目を引きつらせて、ハッサンを追い立てた。

ハッサンは、

「ふん、指輪がないんなら、なんの用もないさ。なんだ、この家は。赤紙だらけで、みっともないったらない。デイブも落ちぶれたもんだな。冒険者の素質もなかったが、商売人の素質もなかったとみえる」

なんて、ひどいことをまだ言っていた。

「ちょっと。あまりに失礼じゃないですかね。それに、用がないんなら、さっさと出て行ってください」

見かねて、クレイはそう言うと、ハッサンの腕をグイとつかみ、入口のほうへと引っ張っていった。

シロちゃんも「わんデシ！　わんデシ!!」と、盛んに吠えたてた。

シロちゃんの後ろには、ノルもいる。

ハッサンは、「ああ、わかったさ」と、クレイの手を払い、ぶうぶう文句を言いながらではあったけれど、やっと出て行ったのである。

4

怪我をしたほうの腕をかばいながら泣いている姿は、とっても痛々しい。

「ディアーナさん、だいじょうぶですか？」

彼女に声をかけると、涙でくしゃくしゃになった顔を上げ、ニコッと笑ってくれた。

「だいじょうぶ。それに、あたしのことならディアって呼んでちょうだい。あんたは？」

「あ、ああ。わたしはパステルです。パステル・G・キング」

「そう。じゃ、パステル、同い年くらいでしょ？　もっと気楽に話してよ。そのほうがあたしも話しやすいし」

ディアは涙をぬぐい、ニコッと笑ってみせた。

かわいいなぁ！

なんか、絶対この人の役に立ってあげたいって思った。

「おい、てぇーことは、その指輪を三人の人間が狙ってるってことか？　しかも、それを変な猫みてえなモンスターが盗っていったと」

トラップがすぐ横に座って聞いた。

そうなの。

またわたしたちは、さっきと同じように客間で車座になって話を始めたのだった。

それにしても……。

「ねぇ、トラップ。あんた、今まで何してたの？　ハッサンって男があんなにひどいこと言ってるのに、なんにも言わなくて」

でも、彼は涼しい顔。

「いやね。ここんちって、えらく立派なもんが並んでんなぁーと思ってさ。いろいろと拝見させてもらってたわけ。いや、ほんと。これだけのもん、集めたってなると……、あんたの親父さん、もしかして、骨董品の収集家か何か？」

すると、涙で腫らした目をこすりながら、ディアが答えた。

「ううん、ただの収集家じゃなくって、それを商売にしていたの。ずいぶん手広くやっていたと思うわ。一年の半分も家にいなかったし。お父様は旅が好きだったの」

「ふむふむ。道理でな。あんたの親父さん、人を見る目はあんまなかったみてえだけど、品物を見る目はピカ一だったみてえだな」

トラップがそう言うと、ディアはとってもうれしそうに顔を輝かせた。

トラップは続けた。

「さてと、じゃあ一応聞かせてもらいましょうかね。その依頼ってのを。ま、だいたいのところはわかった気がするけどさ」

あらま。トラップったら、いつのまにその気になったの？

彼の言葉に、こっくりうなずいたディア。彼女はことのあらましを説明し始めた。

彼女の家は、サッカルンド家といって、ここアンバーでも有名なお金持ちだった。

ディアはひとり娘。

母親を早くに亡くした彼女は、お父さんとふたり暮らし。

もちろん、ケイトを始め、たくさんの使用人に囲まれ、何不自由なく暮らしていた。

でも、つい先日、お父さんがヨットに乗っていた時に突風が吹き、運悪くマストに後頭部を強打し、湖に転落。あっけなく亡くなってしまった。

その時は、他の人たちもいたので、なんの不審な点もなく、葬儀も無事終わった。

しかし、問題はこの後起こった。

お父さん、実は商売の相手にだまされ、多額の借金をひとりで抱えこまされていたことが発覚したのだ。

たぶんねぇ。お父さんも知らなかったんじゃないかってことだった。

借金取りたちは、どんどこ現れ、サッカルンド家の有り金全部持っていき、あらゆるものに赤紙を貼っていった。

それでも、借金はまだ山のようにある。

これはもう首をくるしかないのか？　と思われた……と、そこへ現れたのが、例の金持ちの社長。

ふぁずの
TRPG
コラム

依頼されたら

　ま、だいたいのシナリオでは、どこかで誰かにクエストを依頼されることになります。

　それは、居酒屋であったり、冒険者ギルドであったり、お城であったり、森の中であったり。

　依頼主は困りきった顔で、皆さんに言うでしょう。

「お願いです！　助けてください!!」

　ここでむげに断っては、冒険者の名がすたります。

　とはいえ、相手によって、あるいはキャラクターの気分や性格によっては、すんなり引き受ける必要もなかったりします。たまにはごねてみるのもいいです。

　相手があんまり横柄な態度をとってたりした時はなおさらね。

　ここで一番興をそぐのは、「ま、どうせ、クエストはやんなきゃなんないんだから、引き受けないってわけにもいかないでしょ。はいはい、引き受けます、引き受けます、それで?」というような投げやりな態度です。

　ＴＲＰＧっていうのは、みんなで冒険小説を作り上げるのが目的みたいな遊びですからね。

　ぜひ、プレイヤーではなく、キャラクターとして、彼ならどう考えるだろうかと想像を巡らして発言なり行動なりしてください。

　ま、あんまりごねて、なかなかクエストに進まないというのも困りものですね。

　お話として、妙にだれたものとなって、みんなの興味が分散してしまう恐れがありますから。

　そう。肝心なのは、いかに、みんなで感情移入して冒険物語を作っていくか……なんです。

　で、依頼されたら、その内容をちゃんと誰かがメモしておくといいですね。

　また、いろいろと必要なことを聞き出すのも肝心。それが後々のヒントになることも多々あります。

　あとは、報酬ですねぇ。

　トラップ役のわたしは、よく報酬のことでゲームマスター役のみやびさんを困らせています。

　報酬の交渉をいかに、説得力があり、かつおもしろくできるか。

　これも、ＴＲＰＧの醍醐味のひとつだったりするからです。

イラスト／美鈴　秋

彼はディアのことが気に入り、ぜひ息子の嫁に……と言って、嫁に来てくれるのなら、残っている借金は肩代わりしてあげようってね。

選択肢はない。

相手がどんな人かもわからないままに、ディアは泣く泣く了解した。

小間使いのケイトを一緒に連れていくこと、形見の指輪を持っていくことだけを条件に。

そう。

その形見の指輪なんだよね、次なる問題は。

ディアのお父さん、商人をする前は、なんと冒険者だったんだって。

なかには冒険をしながら商人をやってるっていう冒険者もいるらしいけどね。

で、最後の冒険では、素晴らしい宝を手に入れたんだという。

でも、仲間たちがみんな取り上げてしまい、お父さんの取り分は、その指輪一個だけ。

なんか、このお父さんって、つくづく人がいいんだろうね。

人にだまされてばかり。

でも、その指輪はお父さんにとっては大切な記念品。

すっごく大事にしていたんだそうで、ディアも、この指輪だけは絶対に手放したくないって思ったんだって。

で、そのお金持ちの社長さんのほうから迎えが来るのが明後日の朝。

なのに、きようになって、変な人たちが続々とやってきた。

さっきのハッサンが言ってた、青い顔のひょろっと背の高い男に、猫みたいな黒髪黒目の女、そして、例のハッサン。

全員、昔、お父さんが冒険者をしていた頃の仲間だと言い、ぜひ例の指輪を譲ってほしいと申し出た。

もちろん、ディアは断ったのだけど。

ふと見ると、指輪がない!!

ちゃんとバッグにしまっておいたはずなのに……。

まさかさっきの連中が？　とも思ったが、彼らは客間と玄関しか足を踏み入れていないはず。

だとしたら……？

自分の思い違いかもしれないと思い、ディアが屋敷を探し回っていた時、すっごく奇妙な猫を見たのだ。

猫は紫色をして、背中にドクロのマークのような模様があった。

その上、猫にも見えるが、モンスターにも見える。その顔が妙に人間ぽかったから。

その猫の口元が、キラッと光った。

近寄って見てみると、たしかに問題の指輪だ!!

指輪をくわえていたのだった。

ディアは我を忘れて、必死に追いかけ回した。

でも、猫相手に敵うはずもなく、しまいに転倒して、腕の骨にヒビを入れてしまう有様。

結局、猫も見失い、指輪も失ってしまったと。

そういうわけだった。

5

「だから、ケイトに頼んで、誰かに探してもらおうって思ったの。でもね。そういう事情だから、あまりたいしたお礼、できないんだけど……」

ディアがすまなさそうに言った。

でも、そんなの!!

これだけ聞いたら、手伝うでしょう!? 誰だって。

「いいですよ。ぼくらで役に立つんなら、猫を捜せばいいんですね? その変わった猫を」

クレイが言うと、あれだけ報酬にこだわっていたトラップもすんなり賛成した。

「そうだな。おれは、その指輪ってのに興味があるんだ。妙な男と女たちが探してるっていうのも気になるしな。どういう指輪なのか、一度拝ましてもらいてえし。でさ。指輪、探してる途中で何か別のお宝とか見つけちまった場合は、おれたちのものにしてもいいよな?」

彼が念を押すと、ディアは肩をすくめて言った。

「もちろんよ! わたしは、あの指輪があればそれでいいんだから!」

「OK! じゃあ、話は決まった。んで? その指輪の特徴を教えてくれよ」

トラップが聞くと、ディアは図に描いてみせてくれた。

妙な羽根を持つ、目の大きなトカゲみたいなの。それが丸い宝石を抱えているような、そんなデザインだった。

それがリングについているんだという。

あのハッサンっていう男が言ってた通り、ちょっと年頃の女の子が持つには、あまり似つかわしくない指輪だよね。

すると、それまで黙って聞いていたキットンが「それはそれは!!」と言った。

キラキラと目を輝かせて。

「それ、もしかして、こんなんじゃありませんか?」

と、キットンが差し出したのは、モンスターポケットミニ図鑑だった。

広げて見せたのは、モンゲーナというモンスターのページ。

たしかに、羽根があって、目がぎょろっとしたモンスターだ。

すると、ディアは目をまんまるにして言った。

「そうよ!!　これ、これよ!!　モンゲーナっていうの!?」

「やっぱりね。では、まず猫を捜しましょう。そんな色の猫なら、目立つし、案外すぐに見つかるかもしれませんよ」

「でも、モンスターかもしれないんでしょ?　その猫」

わたしが聞くと、キットンが言った。

「しかし、今のところそれしか手がかりはないんです。見てみないとわかりませんからね、本当にモンスターなのか、それとも色を染めてる猫なのか」

「そっか。そう言われてみれば、そうよね。猫が集まりそうな場所ってないかなぁ?」

わたしが聞くと、ノルがぼそっと言った。

「猫はよく集会を開く」

「そうなの?　どんな場所で?」

「たいがいは、夜の公園とか。昼間なら、ひなたぼっこができる、風通しのいい場所で、人気のないところとか」

ふぁずのTRPGコラム

判定

ディアから指輪の話を聞いた時、それだけで『モンゲーナ』ではないか？　と思いついたキットン、さすがだよね。

この時、ＴＲＰＧをやっていたらどういう会話がかわされていたのか？　というと。

まず、ディアの話を聞いたキットン役のプレイヤーが（そうか！　キットンならその絵柄を見て何かピンと来るかもしれない！）と思いついたわけよね。

で、

「そのモンスターに見覚えがありますか？」

と、聞いたんでしょう。

すると、ゲームマスターはこんな感じで言います。

「そうですね。じゃあ、知力で判定してください。そうだな……17以上で成功」

キットン役はコロコロッとサイコロを振るわけ。

イラスト／美鈴 秋

「へぇー！」

そんな話をしていると、猫を見つけるのは意外と簡単そうに思えてきた。

「みんなで捜せばなんとかなりそうだな！」

と、クレイ。

「よし。んじゃ、とりあえず、この町にどんなところがあるか、それを教えてくれよ」

トラップが言うと、ディアがピョンと立ち上がって言った。

「わかったわ!!」

その顔は、泣き笑いみたいな、そんな笑顔だった。

猫を捜して

1

アンバーの町がどんなふうになっているか。

インフォメーションでもらった地図を出し、ディアに説明してもらった。

それによると、猫が出没しそうな場所というと、湖畔近くにある魚市場。それから、山のほうにある廃墟。といっても、建物はもうなくて、瓦礫が散在しているような原っぱになっているそうだ。

後は、まあ、町中を見て回るしかないって感じ。

「ダンジョンの中でもあるまいし、全員がそろってゾロゾロ行くこたねえな。ここは、手分けしよう」

トラップの意見に、クレイも賛成した。

「じゃ、どんなふうに分かれる？　パステルはルーミイやシロちゃんと一緒だよな？」

「うん。町中だし、わたしたちだけでも平気だと思う」

わたしがそう言うと、クレイは首を横に振った。

「さっきのハッサンみたいな男がうろついているとしたら、男も一緒に行ったほうがいい。おれが一緒に行ってもいいが……」

「いや、時間がないからな。ノル、パステルたちと行ってくれ。そうだな……。町中を捜してくれ。クレイ、おめえはキットンと廃墟。おれは魚市場に行く」

トラップはパッパッと決めてしまった。

すると、クレイが言った。

「そうだな。で、もし、ハッサンを見つけたら、深追いする前に、他と合流してから行動すること。集合は九時、またこの屋敷に戻ることにしよう。ノル、パステルたちを頼む」

ノルは大きく一回うなずいた。

すると、キットンは自慢げにカバンから変な木の枝を取り出した。

みんなが「?」って顔で見ていると、

「相手は猫なんでしょ？ ほうら、これが役に立ちますよ！」

彼の得意気な顔を見ているうちに、わたしはやっと思い出した。

「あ、そっか。もしかして、それ、『猫をゴロゴロいわせる木』？」

「そうです。クレイ、その廃墟に行って、この木を燃やしましょう。その辺にいる猫が集ま

りますよ！」

「そうだな。じゃあ、早速行こう」

クレイはそう言うと、今度はディアのほうに顔を向けた。

「じゃあ、一応夜まで捜してみますが、もう日が落ちてしまったし、時間がありません。九時に一度、こちらで集合します」

彼女は神妙な顔で聞いていたが、ふと思い立ったという顔で言った。

「そうだわ！　みんな、きょうはどこに泊まる予定だったの？」

「え？　せせらぎ亭という宿ですが」

「もし、よかったら、そこキャンセルしてきてよ。今夜はうちに泊まってちょうだい。一応、客間は使えるのよ」

「そうですか……。ま、たしかに、例のハッサンっていう男のこともあるし、今夜はボディガードが必要かもしれません。わかりました。では、今夜はここに泊めていただくことにしましょう。パステル、ノル、悪いけど、宿をキャンセルして、おれたちの荷物を先にこっちへ運んでくれるか？」

「わかったわ！」

「わかった」

というわけで、わたしたちは別行動をとることに。

ノルとわたし、ルーミィとシロちゃんで、せせらぎ亭に行くことにした。

さっき着いたばかりなのに、すぐキャンセルしたいというので、宿屋の主人は最初のうち、あまりいい顔をしなかったが、ディアのことをちらっと話したら、態度は一変した。

「あの娘は、かわいそうなことになったもんだ。あの娘の親父さんには、いろいろよくしてもらってたんだ。そうかい、あんたたち、あの娘の手伝いをしてやるんかい。だったら、しかたない。いいよ、キャンセル料なんざ」

と、言ってくれたのだ。

どうやら、ディアのお父さんは人望のある人だったらしい。

しかも、ずいぶん人がよくって、冒険者仲間からも仕事仲間からも、だまされちゃって。

でも、仕事の腕はよくって、ものを見る目もある。

それから、ディアのことをとってもかわいがっていた人……。

そんな人が想像できた。

いったん、荷物をディアの家に持っていき、わたしたちは町の中を歩き回ることにした。

「といってもねぇ……猫なんて、どこにいるんだろ。見つけたって、すぐどこかに逃げられちゃうと思うんだけど……」

ふぁずのTRPGコラム

情報収集

シティアドベンチャーと言われるタイプのシナリオがあります。それって、一番重要になってくるのが情報収集ですね。

町のどこかに(町でなくてもいいんだけど)、誰かがなんらかの情報を持っているはずですので、それを探さなくっちゃいけません。

今回のパステルたちみたいに手分けして探すというのもいい方法ですね。

でも、その場合、一緒に行ってないメンバーは、本当ならそこでかわされる会話とか、知らないはずなんです。

そりゃそうですよね。その場にいないんだから。

なのに、実際は、テーブルを囲んでいますから、当然聞こえてくるわけで。

ついつい「おい、キットン。もうちょっと薬草について聞いておいたほうがいいんじゃないか?」とか「そんなの嘘に決まってるだろ?」とか。

いないはずの人からの茶々が入ったりすることがよくあります。

こういう時、わたしたちは「あっ!! なぜか電波が飛んできた!!」と言って、お茶をにごしたりしますけどね。

ともかく、情報を集めていくのもTRPGのとても楽しい要素なんです。

イラスト/美鈴 秋

わたしが言うと、ルーミィが、

「でも、ねこちゃん、ルーミィ、好きらおう。ルーミィが、いいこいいこしてあげうんだ」

なんて言った。

彼女は彼女なりに、やる気満々ってわけね。

「ぼく、猫しゃん、追いかけるデシ！」

あらあら、シロちゃんも黒い目をキラキラ輝かせて、わたしを見上げた。

うんうん、頼りにしているよ、君たち。

「ちょっと待ってて、パステル」

小道をしばらく歩いていたら、ノルがこう言って、道端に歩いていった。

「どうしたんら？　のりゅ」

と、ルーミィ。

「さぁ……」

わたしも首を傾げるしかない。

すると、ノルは「なぁーお、なぁ——あぉ！」と、なんとももの悲しい声で猫の鳴き真似を始めたのだ。

そっか！

ノルって、猫の言葉もわかっちゃうのかー！

しばらくすると、ノルが立っている道端、ちょっと高い塀がある、そこからヒョイと灰色と茶の縞模様の猫が顔を出した。

かっわいい！

大きなアーモンド形の目で、鼻は黒。野良猫だろうけど、すっごく賢そうなキリッとした顔。

「あ！　猫ちゃん!!」

ルーミイが大きな声を出したもんだから、猫はびっくりして顔を引っこめてしまった。

「ルーミイ、静かにしててね！」

わたしが言うと、彼女は両手で口を押さえ、ウンウンとうなずいた。

「なあーう、なあーお」

ノルがもう一度鳴いてみせると、さっきの猫がまた顔を出した。

そして、「にゃう、うあなん……」と、何か話し始めたのである！

ノルと猫の会話はしばらく続いたが、またふっと猫が顔を引っこめたのだった。

「どうしたの？」

わたしが聞くと、ノルはにっこり笑った。

「紫の毛の色の猫、知ってるかって聞いたら、それは知らないけど、町中の猫に言って、捜してやろうって」

「すっごーーい！　すごいじゃないの!!」

「しゅごい、しゅごい！」

「ノルしゃん、すごいデシ!!」

「いい奴で、よかったよ」

あっはっはっは。猫にも、いい奴と悪い奴といるのかしら。

2

それから小一時間ほど経って。

商店街のほうを歩き回っていたわたしたちのところに、さっきの猫が走ってやってきた。

「にゃおん、なおなおぉん!!」

何か切羽詰まった言い方。きっと進展があったに違いない。

にわかにその場の空気が緊迫した。

「にゃお、にゃおお？」

ノルが聞くと、猫は、「にゃん！」と答えた。

ノルはわたしを振り返ると、

「見つかったらしい!!」

と、叫んだ。

「ほんとに!?」

「ああ、山のほうの……寂しい場所っていうから、もしかしてクレイたちが行ってる廃墟かもしれない。ともかくそっちにいるそうだ」

猫の案内で、急遽わたしたちは山のほうへと向かった。

すごい上り坂。道に膝小僧がつくほどの急な坂道を、うんしょ、うんしょと登った。

もう日はとっぷり暮れ、夜目の利く猫ちゃんと違って、わたしたちはポタカンの光を頼りに歩いた。

そこは、完璧に町の外れ。

つまり、真っ暗である。鬱蒼と茂る雑草や雑木林に囲まれていて、すっごく不気味なところだった。

どこからモンスターが襲いかかってきても、不思議はないって感じ。

「うにゅなん、にゃうにゃおおんん!!」

それまで早足でわたしたちを誘導してきてくれた猫が、いきなり変な声をあげた。

　そして、その場で「ごろにゃおんん！」と、ひっくり返ったかと思うと、スリスリと道に首筋(くびすじ)や頭をこすりつけ始めた。

「ん？　何やってんの？　この猫(ねこ)」

　わたしが言った時、シロちゃんがふっと顔を上げた。

「なんか変な臭(にお)い、するデシ!!」

　シロちゃんはそう言うと、トットットッと走っていった。

「あ、待って待って!!」

　わたしが走ってついて行くと、

「パステル、気をつけろ。石がゴロゴロしているぞ」

　ノルが注意してくれた。

「うん、わかった。そうだ。ノル、ルーミイを！」

　皆(みな)まで言わなくてもわかってくれていて、ノルはひょいとルーミイを担(かつ)ぎあげた。

「しおちゃん！　待って待って！」

　ルーミイもシロちゃんに声をかける。

　すると、シロちゃんはふと立ち止まって、こっちを振り返った。

「猫しゃんがいっぱいいるデシ!!」

急いで行ってみる。

すごいすごい。

ほんとだ。

瓦礫が積み上がった廃墟のまんなか辺り。ちょっと広くなった場所に、猫たちが何十匹といたのである。

たしかに、変な臭いがする。

中心部分でモクモクと白い煙が上がっている。

黒い猫、大きな猫、子猫、白猫、ブチ猫、茶トラ猫……。

その煙の周りに、いろんな猫がひっくり返って、クネクネと身もだえていたのだ。

「すっごい。これって、もしかして、さっきキットンが言ってた木の枝!?」

わたしが言った時、

「そうです！　その通り。すごい効き目でしょう？」

と、得意そうな声がした。

振り返ると、そこには、キットンとクレイの姿が……。

「やっぱりキットンが『猫をゴロゴロいわせる木』を焚いたのね？」

「そうです」

「なぁーんだ。じゃあ、ここが廃墟なんだね。で？ どこに、その問題の猫はいるの？」

「はい。今、ちょっと隠れて見えないけど……、ほら、あの大きな石の後ろ側。あそこにひっくり返っていますよ」

「どこどこ!?」

つま先だって見てみると、おおおお！ いるいる。

紫というか、黒というか、ここからだとよくはわからないけど、たしかに変わった色の猫がいた。

他の猫と同じように、スリスリと地面に体をこすりつけ、身もだえしている。

ゴロンと寝返りを打った時、わたしは思わずキットンの背中をバシバシ叩いてしまった。

だってだって!!

紫の毛の猫の背中には、白いドクロのマークがくっきりとあったんだから。

3

猫の捕獲は、思いの外簡単だった。

まぁねー。

猫たち、みんなヘロヘロのよれよれ状態なんだもん。

でも、でも!!

困ったことに、紫の猫、肝心の指輪を持ってなかったのよね。

「そっかぁ……どこかに落としちゃったのかなぁ……」

最初、猫をノルが抱いているのを見た時は、パッと顔を輝かせていたディアも、指輪の一件を聞くとガックリ肩を落としてしまった。

たしかにね。

さすがに、猫がどこかに指輪を落としてしまったとしたら、もう探しようがなさそうだ。

猫のいた辺りは、ずいぶんと探したんだけどね。

わたしたちも黙りこんでしまった時、クレイが言った。

「でも、まだ時間はある。明後日の朝ですよね？　その迎えの人が来るのは」

「うん。それはそうだけど……どこをどう探したらいいのかわからないし」

ディアが口ごもると、クレイはにっこり笑ってみせた。

「じゃあ、最後まで望みを捨てないで。探すだけ、探してみましょう。ただ、今夜はもう遅いですからね。明日の朝、早くに起きて、総出で探しますよ」

ディアの顔に笑顔が戻った。

「よかったですわね、お嬢様。クレイ様、本当にいい方ですわぁ！」

ケイトも喜んだ時、ノルがボソッと言った。

「いや、手がかりはあると思う。あの紫の猫に聞けばいい」

「そっか！　ノルは猫の言葉(ことば)がわかるんだもんね！」

思わず、わたしは大きな声で言った。

みんなも「おおお！」って声をあげた。

ディアは不思議(ふしぎ)そうにノルを見たが、ノルが動物と話せるのだと知って、大いにびっくりした。

「にゃおにゃんなお？」

ノルは、まだ半開きの目の紫猫に話しかけた。

すると、紫猫は、

「にゃお？　なあー、にゃんなや」

と、答えたではないか。

「にゃがなん、にゃ？」

「なあ、なにゃ、にゃんおん、にゃがな」

「にゃおん、な。ん、にゃーなやにゃ？」

「ななん、ななん、にゃがにゃんにゃにゃ……」

なんか書いてるうちに、なんだか情けなくなってきた。だって、なんて言ってるかさっぱりわかんないんだもん。

でも、ノルと猫はたしかに会話していて、しかも、途中でノルが厳しく聞くというような場面や、猫が答えをはぐらかすという場面、やっぱりついに白状したという場面もあった。ドラマチックではあるんだけど、どう伝えればいいのやら。

ともかく、わけがわからないまま、固唾を呑んで見守っているわたしたちに、ノルは言った。

「だいたいわかった。指輪のことだけど、どうやらヘビに盗られたと言ってる」

「ヘビ⁉」

「そう。そうだよな？」

ノルが聞くと、紫の猫は「にゃん」と答えた。

「そのヘビはどこに行ったんだ？　いや、どこでヘビに盗られたんだ？」

クレイが聞くと、ノルが通訳した。

猫の答えを聞いたノル、

「場所は魚市場の近くだったそうだ。ヘビは市場の奥へ消えていったと言ってる」

「魚市場かぁ……」

と、この時、なんとなく誰かを忘れているような気はしたんだ。

でも、結局誰も『彼』のことは思い出さなかった。

それ以上に、ノルが興味津々のことを言ったからね。

「……で、これ、重要だと思うんだけど。この猫は、猫であって猫じゃないね」

と、こうだ。

「猫であって、猫じゃない!?」

「なんだそれ?」

「やっぱりモンスターなんですか?」

わたしたちが騒然となって一斉に聞くと、ノルはちょっと首を傾げた。

「モンスター……ってことになるのかな。この猫は、魔の猫だそうだ。しかし、猫は猫。だから、『猫をゴロゴロいわせる木』には弱いんだと」

「んん??」

わたしたちの頭の上に、クエスチョンマークがいっぱい浮かんだ時、キットンがばかでかい声で叫んだ。

「わかりましたぁー!!　つまり、使い魔だっていうことでしょう?」

「使い魔？」

「使い魔だぁ？」

「使い魔ってなんなの⁇」

今度は、キットンにみんなの質問が集中する。

すると、彼は頭をぼりぼりかきむしりながら言った。

「つ、つまりですねぇ。その猫は、誰かの用をするために召還された魔物なんですよ！」

「って、そうは言ってねぇだろ。なぁ、ノル？」

急に声がしたから、振り返ると、トラップが立っていた。

ノルはニコニコとうなずいた。

おおお、そういえばすっかり忘れていた。

そっか！　トラップがいたんだっけ。

と、急に思い出した。

トラップ、魚市場に行ってたんだ。

「ごめんごめん。で、どうしてたの？　トラップ」

わたしが聞くと、彼は肩をすくめてみせた。

「ふん、冷てぇなぁ、みんな。おれのことなんか忘れてたんだろ。今だって、さんざんドア

叩いたつーに、誰も気づかねえんだもんな。おい、それにしても、玄関くれえ鍵締めとけよ。不用心だぜ？」

「ごめん!!　早速締める。ねぇ、ケイト！」

と、ディアがあわてて言ったが、

「もう締めておいた！　はぁー、腹減った！」

トラップはそう言うと、ドカッと座った。

だから、わたしが「あのね、実はね……」と、説明しようとしたんだけど、彼はすぐに遮った。

「わかってる。その紫の猫、あの女が操ってるんだろ？」

「はぁぁ??　あの女って、誰!?」

目をまんまるにして、トラップを見た。

すると、彼はポリポリと頭をかき、

「へ？　なんだ、そこまではわかっちゃなかったわけか……。おめえら、そんだけいて、わかったのはあの猫が魔物だって、そんだけかよ。こちとら、すっげー大変だったんだからな！」

と、説明を始めたのである。

『トラップの話』

わたしたちが猫を捜すために、町に行ったり山道を登ったり廃墟のほうに行ったりしている間に、トラップはひとりで魚市場へ行っていた。

市場はもう閉まっていて、人気もなく閑散としていたから、ブラッと観光客が立ち寄ったというような顔で、見て回ったそうだ。

しばらく歩き、何も得るものがないので、町にいるであろうわたしたちと合流するつもりで、市場を出ようとした時。

彼は、長いものに蹴躓いてしまったんだそうだ。

もちろん、身軽なトラップのこと。転んだりはしなかったけれど、

「ちぇ、なんだよ。んなところにロープなんか置いとくなよな！」

文句を言いながら、その太いロープをまたごうとして驚いた。

もう日も落ちて、町の灯りだけが頼り。薄暗い地面に、ズルズルッと這っていたもの。

それは、ロープなんかじゃなくって、大きな青いヘビだったのだから。

青くって、黄色い縞模様。なぜか頭に小さなとんがり帽子をかぶっている、変なヘビだったそうだ。

サーカスかなんかのヘビかな？

トラップはそう思って、立ち去ろうとした。

でも、

「おーい、マダラスカル！　マダラスカル、どこなんだ？」

という声が近づいてきたので、急いでその辺の柱の陰に隠れた。

なぜ隠れたのか。

実は、さっきのヘビがあわてて柱の陰に隠れたからなんだって。で、つい自分も一緒に隠れたんだとか。

ヘビに釣られるかね、普通。

ま、それはおいといて。

やがて現れた男は、ひょろっと背の高いやせっぽちで、ヘビのように青い顔色。さっきのヘビとおそろいのとんがり帽子をかぶっていた。

だから、一目見て、彼がヘビの飼い主であるのは明らかだったけれど、それにしてもヘビのほうはスルスルとどこかへ消えてしまったんだそうだ。

まるで、そのとんがり帽子の男から逃げ回っているように。

檻から脱走したのかな。

トラップはそう思ったが、なんとなく柱の陰から出るに出られないでいた。

それほど、男は奇妙な風体をしていたんだそうだ。

それに、トラップはピンと来ていた。

『ヘビみたいな男』と、例のハッサンっていう男が言っていたのを思い出したからだ。

もしかすると、もしかするかも。

そう思って、息を潜めていると……。

「マダラスカル、おい、怒らないから、早く出ておいで！　おれのドーナツも全部やるからさあ」

という男の声の他に、

「ジュリエッタ、ジュリエッタ!?　どこなの？　出てらっしゃーい！」

今度は女の声が近づいてきた。

ふたりは知り合いだったらしい。

「なんだ。おまえか。どうした、あの紫猫、逃げ出したのか？」

「なーによぉ。あんたこそ。あの変な色のヘビに逃げられたんでしょう？」

なんてぐあいに、言い合いを始めたんだという。

女は、トラップが想像した通り、黒髪黒目の黒猫のような女だった。

歳はよくわからなかったらしい。そんなにおばさんでもなかったが、若いってわけでもない。年齢不詳というのが一番しっくりくる、そんな感じ。

「ちょっと。それで？　例の指輪、あんたんちの趣味の悪い色のヘビが盗っていったってのは知ってるのよ。どこにやっちゃったのよ！　ジュリエッタちゃんたら、責任を感じて帰ってきやしないじゃないの」

女がそう言うと、男は高笑いをした。

「はっはっはは。よく言うぜ。あのアバズレ猫が責任感じて帰ってこないなんてことがあるわけねぇだろ？　それに、指輪を盗ったとか盗らないとか。知らないよ。おまえ、そんなこと言って、指輪、もう手に入れてるんだろ。猫が盗ったってことは知ってるんだ、おれも。

「ふん、何を言うのかと思ったら。あんただって、実は指輪を独り占めしようなんて思ってるんじゃないの？」

ふたりが言い争いを始めたもんだから、トラップは、いよいよ出て行けなくなった。

すると、

「おいおい、声がでかいぞ。通りの向こうまで聞こえてきた」

と、聞き覚えのある声がした。

ずんぐりむっくりした体型。

特徴のある四角い無骨な顔。

ディアのところにやってきた、嫌な男全開のハッサンだった。

おやおや、三人さん、おそろいとはな……。

トラップは内心そう思いつつ、聞き耳を立てていた。

ハッサンは、ふたりをジロッと睨みつけて言った。

「ヘビ使いのリロウ、猫使いのメロウ、おめえら、例の指輪を取りにデイブの家へ行ったんだってな。あの遺跡の謎に最初に気がついたのはおれだぜ？　それを抜け駆けかい。いい根性してやがる」

「別に！　おまえが気づかなくたって、いずれおれも気づいたんだ」

「ああら、それを言うんなら、わたしだって同じよ。いいじゃないの。純粋に実力の勝負で。あんたたちだって手加減する必要はないわ。その代わり、わたしだって存分にやらせてもらう」

ふたりが反論すると、ハッサンはメロウと呼んだ女の腕をつかんだ。

「おい、なんかおかしいな。やっぱりもう指輪は盗ったんだろう!?　よこせ！　この、この!!」

「やめなさいよ！　何、すんのよぉ!!」

ハッサンが女の腕を締め上げると、女はもう一方の手で思いっきり引っ掻いた。

ドッスンバッタンやってる時、いつのまに柱の上に行っていたのか、さっきのヘビが突然、トラップの首筋に落ちてきたんだそうだ。

さすがのトラップも、これにはびっくり。

「ひゃあーっ!!」

と、たまらず声をあげてしまった。

「誰だっ!!」

ハッサンが叫んだ。

(まじいっ!!)

首をすくめたトラップ。

さすがにここで捕まるわけにはいかないだろう。

と、いうわけで、ダッと逃げ出した。

「おい、待て！　こら、待たんか!!」

ハッサンの怒鳴り声。

でも、逃げ足の速さなら天下一品。彼らに捕まるはずがない。

……と、息をつこうとした時だ。

目の前に、巨大な岩でできた人型のモンスター……いわゆるストーンゴーレムが行く手を遮った。

「よし、よくやった。42号よ！　そのままそこでふん捕まえておけ！」

ドカドカと足音を響かせ、ハッサンたちが走り寄ってくる。

ストーンゴーレムはトラップを羽交い締めにし、グイグイと締め付けてきた。

トラップ、絶体絶命!!

4

なんと、トラップはそこまで話すと、わざとわたしたちを焦らすように話を中断してしまった。

「な、すごいだろ？　この展開!!　おめえらが猫と追いかけっこやってる間に、おれはひとり奮闘してたわけよ」

ったく。

意地悪なんだから。

「んもう！　んなことはいいから。ほら、早く続きを言ってよ!!」

「そうだ。続きを聞かせろよ。おまえ、ここに無事帰ってきてるんだから、うまく逃げ出せたって結末だろうけど」

わたしたちが文句を言うと、トラップはペロッと舌を出した。

「へへへへ。ま、そうなんだけどな。おまえたち、昼間……つうか、夕方、晩飯、食ってる時に、かっこいい姉ちゃんがいただろ。ひとりでビールかっくらってた……」

「ああ、あの……最初にケイトさんが今回の件を依頼した相手だろ？」

クレイがそう言うと、ケイトは胸のところでギュッと両手を握りしめ、

「あの方、ルビイさんておっしゃる方です。でも、ちっとも相談に乗ってくださらなくって、冷たい方でしたわ！」

と、言った。

トラップは、ふんふんとうなずき、指をピッと立てた。

「ふっふっふ。違うんだなぁー。冷たいように見えて、けっこう心の奥は熱いもんがあるっていうタイプだな。ああいう姉ちゃんは」

なんだ、そりゃ。

トラップはひとり悦にいりながら、続きを話した。

ストーンゴーレムに羽交い締めにされ、絶体絶命となった時、

「ちょっと待ちなさい!!」

と、声がして、カツカツとブーツを響かせ、背の高い細身の女性がやってきたんだという。

「それがルビィさんだったの？」

「んにゃ。フランシィっていう姉ちゃんだった」

これには、わたしたち思わず顔を見合わせてしまった。

フランシィといえば、昼間、武器屋でわたしとクロスボウの矢を分けっこしてくれた人なんじゃない？

女ばかり、レンジャーばかり四人のパーティだって。

居酒屋で会ったあの人、誰かに似てるって思ったけど、そうか。フランシィに似てたんだ！

「でも、すぐ後からルビィって姉ちゃんがやってきてさ。他にも、ふたり、似たような格好の姉ちゃんたちがやってきたんだ」

「全員、冒険者だったんだろ？　しかも、レンジャーの……」

クレイが聞くと、トラップは目をパチクリさせた。

「なんでえ。おめえら知ってんのか？」

「ああ、知ってる。昼間、そのフランシィって女性と知り合ったんだ。で？　助かったってわけか？」

「ああ、そうだ。やっぱさ。ストーンゴーレムは体力系だが、それを操ってるハッサンってオヤジ。あいつ本人はたいしたことねえのよ。それに猫使いの女とヘビ使いの男、あいつらもあきらかに体力なさそうな奴らだからな。その点、こっちは女とはいえ、レベルもけっこう高そうだし、とにかく迫力があったんだ。何せ、そのフランシィって姉ちゃん、たったひとりでストーンゴーレムと相撲始めたんだぜ？」

「ふわぁあ――――！　ほ、ほ、ほんとぉー？」

わたしはつい叫んでしまった。

そ、それはすごい。

ちょっと見たかったかも。

「結局、すぐにハッサンたちは退散していってさ。姉ちゃんたちもその後を追いかけていっちまったんだけど……。ともかくそんなこんなで、あの指輪になんらかの秘密があって、しかも、それが遺跡とかを開く鍵になってるんだってことはわかった。だから、奴ら、躍起になって探してるんだ。おれが睨んだ通りだぜっ!!」

と、トラップは勝ち誇った。

その横顔を見ていて、わたしはあることを思い出した。

「そういえば、あなた。あの指輪を見つける途中で、他のお宝を見つけてしまった場合は、

自分らのものにしていいな？　って、念を押してたわね!?」

でも、トラップは「なんのことかな？」って涼しい顔で口笛なんか吹いちゃって。

「あのさ。ここの家、今、こんな状態で。ディアは、明後日、見ず知らずの人んちに嫁いでいかなきゃいけないのよ!?　それも借金のために。なのに、よくそんなことが考えられるわね。冷たいのは、あなたのほうよ！」

「はぁ？　何言ってんだか。あのさ。よく考えてみろよ。おれは、それなりの危険をおかしても、指輪を探す努力をしてるんだ。それなのに、なぜ全部ボランティアでしなきゃいけないんだ？　おかしいだろ。そりゃ、人それぞれ事情ってもんはあるさ。でもな。おれたち、人のことなんか同情してる余裕あると思う？」

「そ、それは……たしかにないかもしれないけど……」

わたしが口ごもってしまうと、ディアが割って入った。

そして、ポンポンとわたしたちの肩を叩いた。

「やぁーだ。何、仲間割れしてんのよ。いいんだってば、パステル。わたしは、自分の運命を受け入れるわ。何も死にに行くわけじゃないもん。もしかしたら、相手の人、素敵な人で気が合うかもしれないいじゃん？」

なんてね。

強がりばっかり。

わたしだって女の子だからわかるけど。そんな、見ず知らずの人のところに嫁ぐなんて、絶対イヤに決まってるじゃん。

遠い先の話で、ちっともリアルに想像はできないけど。でも、結婚といったら、一生の一大事で、その旦那様になる人とは一生家族になって、楽あれば苦ありって感じで、ふたりの城を築き上げてかなきゃいけないわけでしょ？

わたしなら、やっぱり頼りになって、でも、いつまでも友達みたいに騒げたりもできて、ともかく気心の知れた人じゃなきゃイヤだなぁ。あと、一緒にいて疲れない人。もしかして、その息子さんって人、とんでもなく話の合わない人だったらどうするんだろう。顔が好みじゃないとか、そういうのも問題かもしれないけど、それより何よりやっぱり話がかみあわないとか、言ってる意味がわからないなんて、最悪よねぇ。

まぁ、でも、ディア本人がいいんだって言うんだから。これ以上は何も言えないけどさ。

「こら、何ぼーっとバカみてえに口開けてんだ！」

いきなり後頭部を叩かれ、わたしは思った。

こういう暴力男は論外だね！

「まぁまぁ。お宝があるって決まったわけじゃありませんし。そういうのをなんて言うか知

ってます？　ミケドリアの皮算用(かわざんよう)って言うんですよ」

キットンに言われ、わたしもトラップもぷいとそっぽを向いてではあるけれど、一時停戦(ていせん)することにした。

するとクレイがトラップに聞いた。

「で？　指輪(ゆびわ)を知らないか？　猫(ねこ)はヘビが盗(ぬす)んでいったって言ってるんだが。おまえ、見なかったか⁇」

トラップは、「へ？」って顔。

「だから、指輪だよ。やっぱり見あたらなかったか？」

クレイがさらに聞くと、トラップは急にニヤア――――ッと笑った。

うわわ、気持ちわる。

そして、彼はおもむろに空中に手をかざし、パッと手を広げた。

次の瞬間(しゅんかん)、きゅっと手を拳固(げんこ)に握(にぎ)りしめ、みんなの前に差し出してみせた。

『え⁇』

『なになに？』

『まっさかぁー！』

『うそだろ⁇』

みんなの心の言葉(ことば)を書いてみると、こんなぐあいだろう。

でもねぇ。

それがほんとにほんと。

トラップがもったいぶって広げた手のひらには、キラッと光る宝石を抱(だ)いたモンゲーナのついた指輪(ゆびわ)がコロンとあったのである。

ダンジョンへ

1

トラップが柱の陰に隠れていた時、その柱の上のほうに巻き付いていたヘビがトラップの首筋に落ちてきたという話はしたよね。

その時、トラップはギョッとして逃げ出したんだけど、それと同時にあるものを見つけたんだそうだ。

それが、暗闇にキラッと光る奇妙な形をした指輪だったというわけ。

ヘビはずっと舌の先に指輪を引っかけていたらしいんだけど、トラップに襲いかかった時、落としてしまったらしいのね。

トラップは反射的にそれをつかみ、上着のポケットに押しこんだんだそうだ。

「やるなあ！」

クレイが感心すると、トラップ（おれを誰だと思ってるんだ？）というように胸をそらしてみせた。

「わ――い、ありがとっ!!」

ディアは大きな目を輝かせ、トラップの首にかじりついた。

「ちょ、ちょっとタンマ!!」

彼はその手を両手でつかんで離し、ディアの目をのぞきこんだ。

「あのさ。ちょっと話があんだ。つまり、たしかに指輪は発見した。だからこれでチャンチャン、って感じで終わったっていいんだけどさ。それじゃつまんねぇだろ?」

「トラップ、あんたの言いたいことはわかるよ。その指輪、どこかの遺跡かダンジョンの鍵になってるみたいだから、そっちの冒険をしたいってことでしょ?」

「そうだ。ものわかりがいいな。たぶん……いや、絶対に、そのダンジョンにはそうとう高価なお宝があるらしいぜ。あのハッサンたちの執着の仕方を見ればわかるだろ?」

ディアは唇を噛みしめ、こっくりうなずいた。

すると、今度はクレイが言い出した。

「うん。ぼくも、もし、あなたが許してくれれば、そのダンジョン、冒険してみたいと思います。たしかに、その遺跡には何かが隠されているんでしょう。だからこそ、あれだけ必死になって指輪を盗ろうとするんでしょうからね。だったら、ダメで元々。少しの時間だけぼくらに猶予をくれませんか。本当に、宝があったら、ディアさん、あなたは結婚なんてする

必要ないんです。自由に、この思い出の詰まった屋敷で暮らすことだってできるんです。どうですか？」

そうよね。たしかに、そうかも。

そうすれば、ディアは意にそわない結婚なんて無理無理する必要はないんだ。

「とにかくさ。猶予は明日まる一日あるんだろ？」

トラップが言うと、彼女は赤い顔でうなずいた。

「うん！　迎えの人は明後日の朝、来るって話だった」

「だったら、いいじゃんか。おれたち、何があっても、その時間までには必ず帰ってきて、この指輪を返してやるよ」

トラップがそう言うと、ディアは決意をかためたという表情でわたしたちを見回した。

「わかった。あたし、あんたたちを信用するよ！　そりゃ、あたしだって、んな知らない人んちになんか行きたくないんだ。お父様の思い出がいっぱい詰まったこの屋敷で、ずっとずっと暮らしたかったんだ！」

彼女がそう言うと、横にいた小間使いのケイトが感極まったというようにワッと泣き出してしまった。

「よっしゃ。話は決まったぜ!! 降って湧いたダンジョン攻略。へへっへ。腕が鳴るぜ！」

「そうよね。でも、怖いモンスター、いないといいなぁ」

「そりゃ少しは危険もあるだろうけどな。それ言ってたら、冒険は始まらないよ」

いつのまにか寝てしまっていたルーミィとシロちゃん以外、みんな大盛り上がり。

すると、ずっと黙ってわたしたちの話を聞いていたキットンが口を開いた。

「しかし、皆さんは肝心なことを忘れていますよ」

「え？」

「なんだっけ？」

「なになに？」

と、聞き返すと、彼は大げさにため息をついて言った。

「これだから、我々のパーティは脳天気な集まりだって言うんです」

「っのやろう！　誰が言ったんだ、誰が！　とっとと連れてこい」

「うわ、わわわ」

偉そうな態度のキットンを一秒たりとも許してはおけないと、トラップがキットンの首を絞めた。

「もう……ハアハア。あのですね。じゃあ、おたずねしますが、トラップ。あなたは、この

指輪が鍵になってるという遺跡の場所を知ってるんですか？」

息を整えてキットンが聞くと、トラップ以下全員がウッと詰まった。

ははは。

そういや、そうだねぇ。

どこの遺跡なんだ⁇

「ほうらね。だから、言ったんですよ。脳天気なパーティだって」

「つのやろう！　また言うか。だからもへったくれも。ともかく、おめぇが言うこたねぇだろ‼」

またも、トラップの攻撃が始まり、キットンはアグアグと悲鳴をあげ、逃げ回った。

はぁあ。

それはいいとして。

たしかに、これは大問題だよね。

みんながしょんぼりしてしまった時、ディアがパッと顔を輝かせて言った。

「もしかして、それ、あたしわかるかも‼」

2

彼女はそう言うと、ケイトにある本を持って来させた。

正確に言うと、本に見えるが、それは日記帳。

「これ、お父様の日記帳なのよね。しかも、すっごーく昔の。冒険者をしていた頃の日記なんだって。お父様はこの日記を大事にしていて、時々出してきては読み返したりしていた。そういえば、お父様の形見って、これもあったから、その指輪とこれと。ふたつあったんだわ！」

そう言って、大事そうに見せてくれた日記帳。

でも、もうボロボロになっていて、表紙も取れかかっている。中味も、半分以上、インクが消えていた。

「なんかねー、冒険の途中で海に投げ出されたことがあるんだって。その時、この日記帳も濡れてボロボロになっちゃったって、お父様、言ってたわ！」

わたしたちの怪訝そうな顔を見て、ディアが説明した。

「ほう、なるほど、なるほど……」

興味津々という顔でキットンが日記を丁寧にめくっていると、ディアが言った。

「その、半分より後のページ……。この指輪と同じようなトカゲの絵が描いてあるページがあるでしょ。その辺に、このダンジョンの話が書いてあったと思うんだけど」

「どれどれ……、おお、これですね!?」

キットンが開いたページには、たしかにキットンが持っているモンスターポケットミニ図鑑のモンゲーナによく似たイラストが描かれていた。

残念ながら、半分くらいインクが消えて見えなくなっていたけど。それでも、よくわかった。

「んで？　ダンジョン……遺跡だっけ。その場所、書いてあるか？」

クレイに聞かれ、キットンは「待ってください」と、太短い指で、日記の文字を追っていった。

「う――ん、まさかなぁ……う――ん、しかし、それしか考えられないし……」

キットンたら、うなってばかりで、ちっとも要領を得ない。

「ねえ、その『まさか』って何？　んもう！　ちょっと、こっちに貸してよ」

痺れを切らして、わたしがその日記を見ようとしたら、

「あ、ちょ、ちょっと待ってくださいよ！」

って、キットンがすごい力で引き戻した。

「おらおら、何やってんだよ！　こっちに貸せってば」

トラップまで間に入って……。

わたしはこの時の音を生涯忘れることができないと思う。

すっかり夜になった、サッカルンド邸の室内に響き渡った、その音。

ビリイッ!!

なんていうことだろう!!

ディアのお父様の、大切な大切な形見の日記帳。

それをビリッとまっぷたつに、破ってしまったのだ。

全員の動きが止まった。

いや、息さえ止まっていたと思う。

一番最初に動き出したのは、ディアだった。

「い、いいのよ。いいのいいの、気にしなくって。ほら、だって最初っからボロボロだったしさ。それに、糊でつければ元通りになると思うし。ね、そんなぁ、みんな深刻な顔しないでよ。それより、遺跡のこと、わかったの？」

「ご、ごめんなさいっ!!　ディア!!」

わたしが頭を下げると、キットンも同じように頭を下げた。

「すみませんでした……」

でも、トラップったら、

「悪かったな……。でもよぉ、キットン、おめえがさっさと……」

なんて、文句言い出しちゃって。

クレイにポカッと殴られた。

「ともかく、どう謝っても、元には戻らないけれど。おれたち、一所懸命探してきます」

クレイがそう言うと、ディアは満面に笑みを浮かべて手を左右に振った。

「ほ――んと、いいんだってば！　ぜんぜん、気にしないでって。あのさ。あたしのこと、こんなに親身になって相談に乗ってくれている人たちがいるんだって、それだけであたし、むっちゃうれしいんだから。ねぇ、そうよね？　ケイト。あたしんちが借金まみれだってわかったら、それまで親切だった人たちも、ひとり、またひとりっていなくなってたもんね。

ケイトだけだよ、残ってくれたのは」

「いえいえ、そんな。わたしは、お嬢様の行くところならどこへでもお供しますから」

ケイトが言うと、ディアも笑った。

「ね！　それより、続き続き。ねぇ、キットン。何かわかったの？　そんで」

するとキットンは首をひねりながら言った。

「はい。やっぱりどう考えても、あそこしかないでしょう！」

「え？」

「どこどこ？」

「もったいぶらねぇで、早く言えって」

みんなが急かすと、キットンはひとつ咳払いをして言った。

「その紫の猫がいた廃墟です。あそこの裏の山のほうに、その遺跡はあるようですよ」

「ええ――――？」

「そうなの？　そんなに近くにあったの？」

ケイトもびっくり。

キットンは、

「この日記には、そう書かれています。ほら、この地図……どう見ても、このアンバー湖でしょう？」

と、見せてくれたのだが、たしかに星のような形をした特徴のある湖といい、山の位置といい、このアンバーとしか考えられない。

「ひとつ質問があるのですが……。ディアさんのお父さんは、冒険者をやめて商人になったんですよね？」

キットンが聞くと、ディアは神妙な顔で答えた。

「そうよ」

「では、この土地に、ディアさんのお父さんはなぜ屋敷を作ったんでしょうか。ずっと先祖代々あったんですか？」

すると、彼女は頭をプルプルと振った。

同時に、ピンピン跳ねたショートヘアーが揺れる。

「ううん、違うよ。商人になるって決めてから、この土地に来たんだって」

キットンはそうだろうなという顔。

「どうやら、ディアさんのお父さんは、この冒険のことがどうしても頭から離れなかったんでしょうね。だからこそ、ここに本拠地を置いたんではないでしょうか？」

ディアは感慨深い顔でキットンの話を聞いていたが、ふと思い出したというように言った。

「そういえば、お父様、あの廃墟には絶対に行ってはいけないって言ってた。あたしはただ廃墟なんか危ないから行っちゃダメってことだとばっかり思ってたけどさ。そうじゃなかったのかも」

「でもさ、どうして、ディアのお父さんやあのハッサンたちは、冒険をやっていた当時、この指輪の秘密に気づかなかったのかなぁ？」

わたしが聞くと、キットンはまた日記を指して言った。

「ディアのお父さんたちが探検したのは、別の遺跡だったらしいですね。で、そこを探検したさいに見つけたのが、この指輪の他、さまざまな宝だった。しかし、そこにはもうひとつの遺跡の存在をほのめかした壁画があったんです。その壁画によって、お父さんは、このアンバー湖の近くに、もうひとつの遺跡がありそうだというのを知ったようですね。いろいろと探して、遺跡らしき場所だけはわかったようですが、指輪のことまでは考えつかなかったんでしょう。今回、ハッサンたちがあんなに躍起になって指輪を探していることを思うと、彼らもつい最近になって、このことに気づいたんでしょう」

「なるほどぉ……」

というわけで、わたしたちは明日の朝早く廃墟近くの山を探索することに決め、その日は休むことにした。

はぁ……。

でもな。

ディアはああ言ってくれたけど。

あの大切な日記帳を破ってしまったことがまだ気にかかった。

わたし自身、両親を亡くしているから、ディアの気持ちが痛いほどわかる。

だからこそ、辛いのだ。

堅い床の上に毛布を敷いて寝たんだけど、胸が痛くて痛くて、なかなか眠れなかった。

よーし！

なんとしてでも、彼女のためになんとか役に立ちたい。

そう決意すると、宝がありますようにと祈りながら眠りについたのである。

3

早朝。わたしたちは出発した。

ケイトが作ってくれたお弁当を持ってね。

まっすぐ廃墟へと向かう。

夜の、あの不気味さとは打って変わって、明るい朝の光のなかで見る廃墟は、のどかな感じさえしていた。

ピチュピチュ……という鳥の鳴き声も聞こえててね。

そうそう。

あの紫の猫……。朝、いなくなってしまっていたんだよね。

トラップが会ったという猫のような女のところへ帰ってしまったのだろうか。ちょっと気にはなったけど、ま、もう用はすんだんだし……ってことで、わたしたちは、問題の遺跡探しを始めた。

ディアのお父さんの地図によれば、廃墟よりも山側に行った、ちょっと東よりの斜面にあるってことだったんだけど。

何せ、時間が経ちすぎていて、伸び放題の雑草や木々に埋もれちゃってて、よくわからない。

「ぱぁーるぅ、ルーミィ、おなかぺっこぺこだおう！」

ケイトが作ってくれたお弁当の包みを見ながら、ルーミィが言う。

「ごめん、ルーミィ。もうちょっと我慢して。これはお昼ご飯なんだからね！」

と、言うと、彼女はぷくーっとほっぺをふくらませた。

でも、彼女は彼女なりに、その辺の草を引っ張ったり、木の枝を拾ったりして、探しているつもりらしい。

「変わった臭いはしないデシ！」

シロちゃんは、あっちこっちをクンクンとまるで犬のように嗅ぎ回ってくれてたけど、な

かなか見つけられないようだった。

トラップがようやくそれらしきものを発見したのは、三時間も経ってからのこと。

彼は、髪を葉っぱだらけにして戻ってきた。

「あったぜ!!」

気温がぐんぐん上がっているせいか、興奮しているせいか。

トラップは顔を赤くしていた。

そこは、草と木のトンネルをくぐっていった先にあった。

「ほれ、見てみそ」

トラップが言ったのは、地面だ。

他は、ただの土なのに、そこだけタイルのようなものが敷き詰められていた。

「ほほう！　あきらかに人工的な場所ですね」

キットンも興奮したように言った。

シロちゃんもクンクンと臭いを嗅いで、

「ちょっとだけおいしそうな臭いがするデシ！」

と、言って、わたしたちを大いに不安がらせた。

彼がおいしい臭いという時は、たいがいモンスターがいるってことになっているからだ。

「でもって、これだ」

トラップは次に指し示したのは、斜面にあった石壁だった。

「えぇぇーい、邪魔くせぇ！」

彼はその辺のツルや葉っぱをナイフで切っては取り除いた。

丹念に探していく。

……と、彼の手が止まった。

「これか⁉」

トラップはそう言うと、盗賊の七つ道具のひとつ、細長い針金みたいなもの（先がちょっとだけ曲がってる）を使って、石壁の一部を剝がしとった。

おおおお！　っと、興味津々でみんながのぞきこむ。

「おらおら、邪魔、邪魔」

トラップは、みんなを払いのけると、今度は剝がれた石壁にフッと息を吹きかけた。

粉が吹き飛んで、絵のようなものが浮き上がった。

その一部をコンコンとナイフの柄の部分で叩く。

……すると、どうだろう‼

ポカッと小さな穴が開いたではないか‼

「ピンポーン!!」

トラップはうれしそうに言うと、右手の中指にはめていた例の指輪をその穴に押しこんだ。

カチッと音がした。

と、同時にパァッと眩しい光がその穴から放射された。

わたしたちが呆気にとられて、その光を見つめていると……。

ガラガラガラ……と、地響きをたてて奥の斜面に見えていた部分が開いていったのである。

同時に、上からドサドサと土が落ちてきた。

「うわっぷ。ふわっ、おい、トラップ、注意しろよ。入口入ったところに罠があるっていうのは定石だからな。いつかみたいに、いきなりスイッチ踏んで土に埋もれないでくれよ」

クレイが言うと、トラップは不機嫌そうに肩を揺すった。

「あのなぁ。何年前の話してんだ？　さあ、おめえら、邪魔だっつってんだろ？　罠チェックすっから、どいてろ!!」

そうそう！

今、急に思い出した。

っていうか、きっとクレイもさっきドサドサ落ちてきた土砂で思い出したんじゃない？

むかーし、まだわたしたちがパーティも組んでない頃、簡単だと思われたダンジョンに挑

戦したことがあったのよね。

その時、入口でいきなり罠に引っかかって、トラップったら土に埋もれてしまったんだ。

ううん、埋もれたのはトラップだけじゃない。クレイも……。

だから、ついクレイも言っちゃったんじゃないかな。

「おっしゃ。そういう罠はなさそうだ。でも、注意して歩けよ。なんか、やたらと天井が低いからな」

少しかがみながら、ポタカンを持ったトラップが入っていった。

その後をクレイとキットンが。

次に、わたしはルーミィ、シロちゃんと一緒に入った。

しんがりはノル。

後ろから襲われた時のことを考えて、だいたいはこういう隊列になっている。

ダンジョンの中は、古びた土と石の臭いがした。

はぁあ。

変なモンスターが出たりしませんように！

わたしは心の中で祈りながら進んだ。

なのに、シロちゃんたら、

ふぁずの
TRPG
コラム

隊列について

　ここでパステルたちが言ってる隊列だけど、わたしたちがゲームをやる時もだいたいこんな感じで歩いてますね。でもね。最初のうちは、先頭にノル、クレイだった気がする。次にキットンとトラップ、それからパステルとルーミィ……。

　でも、突然、後ろからバシバシ攻撃されたことがあって。ルーミィなんて一撃で気絶しちゃうし、大変な思いをしたんです。

　なので、そうか！　後ろからの攻撃にも備えなくちゃいけないんだ！　と、ひとつ賢くなったってわけ。

　だいたいダンジョンの中って、なぜかふたり並んで歩くとちょうどいいような幅だよね。

　これが三人とか四人とか、ヘタすると六人全員、ずらあーっと横一列に並んで歩いていくなんてことになったら……。想像するだけで、「そりゃ違うだろ!?」と突っこみたくなっちゃうけどね。

　で、よくTRPGでは、フィギュアっていうのを使うんですね。それは、小さなキャラクターの形をした人形。これをマップの上などに配置して、自分たちがどんな隊列でいるかを示すわけです。

　キャラクターだけじゃなくて、モンスターのフィギュアもあります。「モンスターが現れた！」って時、どこに何匹現れたのか、一目でわかるでしょ？　それに、どのモンスターを狙うよとか最初に宣言しなきゃいけないから、そういう時にもわかりやすくって便利。

　あ、別にフィギュアを買う必要はないよ。何か代わりになるものを使えば。JBとパステルたちがゲームをした時も消しゴムに切れ目を入れて小さい紙をはさんでフィギュアの代用を作ったりしたでしょ？　他はカードを使ってもいいし、サイコロに目印を付けるんでもいい。いろいろ工夫してみてください。

イラスト／美鈴 秋

「やっぱりおいしそうな臭いがするデシ！」

なんて、うれしそうに言う。

ううう、やっぱりやっぱり……なのかしら。

でもね。

怖いって思う気持ち半分、いったいこの先に何があるんだろう？　っていう期待が半分ってところなんだ。

遺跡ってことは、祭壇か何かの跡なのかな。単なる意地悪なダンジョンじゃないみたい。

わたしは、ヒヤヒヤしながらもワクワクしつつ、ルーミィの手を、ぎゅーっと強く握った。

ルーミィもきっと同じことを考えていたんだろうね。

同じように、ぎゅーっと強く握り返してきたのである。

4

入口を入ってすぐは狭い通路になっていたけど、やがて部屋に出た。

部屋の中央に、羽根をつけたリザードマンのような彫像が立っていた。

右手を斜め前に突き出したようなポーズ。

「これ、なんだろ……？」

「リザードマン……にしては、顔が少し違うな」

クレイが言う通り、トカゲよりは鳥に近い顔っていうのかな。鷹とか鷲とかに似た精悍な顔つき。

「あ、ここに何か書いてある……」

トラップが言うと、キットンがどれどれと読んだ。

「これは……、古い書体ではありますが、辛うじて読めますね。『我の兄に愛を捧げよ』と書いてあります」

「我の兄に愛を捧げよ⁇」

トラップが聞くと、キットンはこっくりうなずいた。

「そうです。つまり、どこかに彼のお兄さんがいるというわけです」

「なるほどな。さて、じゃあダンジョン探索といきますかね……」

トラップはそう言った直後、わたしに向かって鋭い声で言った。

「おい、パステル。わかってんだろうな？」

ドキンッ!!

あまりにドキッとしたもんで、二センチくらい飛び上がった。

「何、びびってんだよ」

「はぁ……もう、脅かさないでよ。わかってるって。マッピングでしょ？」

わたしはそう言うと、リュックから方眼ノートを取りだした。

「わかってんならいいけど。絶対に間違えるなよ!!」

トラップは嫌味ったらしく念を押してから、スタスタと部屋の奥へ行ってしまった。

ふーんだ。わかってますよー。

……と、言いつつも。やっぱ自信ないもんね。慎重に、鉛筆で入口と部屋を描いていく。

部屋は石壁でできていて、ほぼ真四角に近い長方形。

机も椅子も、何も置かれていない。さっきの彫像が立っているだけ。

でも、壁には小さなモンゲーナのレリーフが一面に彫られていた。

モンゲーナって、ここを作った種族たちにとって、守り神みたいなものだったのかな。まさか、モンゲーナたち自身の神殿ってわけじゃないだろうし。

そして、奥に一カ所、そして右に一カ所。

角っこに並んで木のドアがあった。

どっちのドアも蝶番がはずれそうになっていて、ぷらぷらしている。

「ふん、せっかく鍵開けしてやろうと思ったのに」

トラップはそう言うと、ドアのひとつ……奥のほうのドアを押した。

ふぁずの TRPG コラム

マッピングについて

さて、ダンジョンに入った、塔の中に入ったぞという時、みんなの気持ちは引き締まると思うのですが、人一倍ドキドキしているのがマッパー役のパステルでしょう。

なにせ、歴代のパステルたち、なぜかほぼ全員方向音痴。

マッピングするぞと意気ごんで方眼紙とペンを持ったはいいけれど、行ってもいないところまで描いたり、右に通路があると言われて、神妙な顔で左側に通路を描き足したり……。

でもね。

シナリオによっては、そのマップ自体がダンジョンの謎を解く鍵になってたりすることもあるしね。

あと、一度引っかかった罠には二度と引っかかりたくないもんでしょう?

その点、信頼のおけるマッパーがいると迷うこともないし、同じ罠に何度も引っかかって、まだモンスターにも遭ってないというのに死にそうになったりすることもありません。

マッピングは正確に、というお話でした。

イラスト／美鈴 秋

キイーッという錆びた金属音が響いた。

次は、もうちょっと長細い長方形の部屋……。

でも、でも、そのドアを押し開けた瞬間、シロちゃんが鋭く叫んだ。

「危険があぶないデシ!!」

シロちゃんの目が緑色に光っていた。

「パステル、ルーミィ、下がれ!!」

クレイが叫んだ。

入れ替わりに、ノルがクレイの横に並び、斧を持って身構えた。

グルルグルルウウウウ……。

嫌な動物のうなり声のようなものが聞こえる。

クレイがロングソードを身構え、トラップが開いたドアの前に立っていると、今度は、

「ガウウ！　ぐゆっぐつつつつ⁇」

「んちかんちかゆうう！」

「ガウウガツツユウ!!」

という、わけのわからない会話のようなものが聞こえてきた。

ガスッ！

ガスッ!!

不潔なこん棒が突然、クレイに殴りかかってきた。

ロングソードではね除ける。

しかし、もうひとつのこん棒がクレイの竹アーマーに命中。

「ウッ!! ……」

「きゃあぁ！ クレイ!!」

わたしが叫ぶと、クレイは辛そうに顔をゆがめたまま、だいじょうぶだと言った。

そして、彼は返す刀で、今度は逆に敵に向けてロングソードを斬りつけていった。

敵は、見たこともない……でも、無茶苦茶気持ち悪いモンスターだった。

ドス黒い小さな顔に不似合いなほど大きい、黄色の眼球が飛び出ている。

首の周りに房状に鋭いトゲのついたたてがみのようなものがあって、それがどぎついピンク色をしている。

大きな口を開き、らんぐいの歯を剝き出す顔からは好意的な表情など、一切読みとれなかった。

ってていうか、もう！

敵意剝き出し。

手にはこん棒、背中にはボロい弓。

背は低いが、盛り上がった筋肉からして、かなりの体力の持ち主と見た。

「どうして、こんな奴らがいるんでしょうか!? 入口は閉められていたというのに……」

キットンが言う。

「ねぇ、キットン。そんな分析より、モンスターポケットミニ図鑑! こいつら、何物?」

「ああ、はいはい。しかし、これ、ゴンゴルゾーラでしょ。だったら、図鑑を見るまでもありませんよ。こんなにポピュラーなモンスターはいませんからね。たいていの攻撃魔法は有効。もちろん、直接攻撃も有効です。特に寒さには弱く、冬は冬眠するんだそうですよ。ま、どっちみちたいして強くありませんから」

「ほ、ほんとに——!? わたしは知らないよ、ゴンゴル……えっと、なんだっけ?」

「ゴンゴルゾーラ。本当ですか? パステル、あなた、ちゃんと予備校で勉強したんじゃなかったんですかねえ。このモンスターはダンジョンの地下深くをねぐらにしている、大変凶暴かつ残忍なモンスターです。彼らと交渉したりすることは絶対にできません。見たら、逃げるか戦うしかないわけですすね」

「トラップ、あんた知ってた?」

隣のトラップに聞くと、彼は当たり前だろという顔。パチンコを構え、ゴンゴルゾーラに

ふぁずのTRPGコラム

戦闘について

小説のフォーチュンでは、ほとんどこの戦闘シーンがありません。いや、あるにはあるんですが、パステルたちがバンバン敵を倒しまくるというようなシーンはないです。

たいがいは、どうやったら逃げられるかを読者、作者ともども、頭をひねって考えてますよね。

でも、TRPGでは違います。

直接攻撃の得意なクレイ、ノルは言うまでもなく、トラップはパチンコを、パステルはクロスボウを撃ちまくりますし、ルーミィだって魔法炸裂。

キットンもモンスターポケットミニ図鑑をひきまくります。

みんなで一致協力して敵を倒すわけですが、その順番がけっこう大切。

誰がどの敵をどのタイミングで倒すか、負傷した人がいたら、それをどのタイミングで誰が助けるか、など。

さすがに命がけなだけあって、パーティの結束がより堅くなるのが戦闘シーンなのでした。

イラスト／美鈴 秋

狙いをつけ始めた。

なんだ、そうだったの？

そんなに有名なモンスターなんだ。

「でも、たいして強くないんだ。よかったぁ」

わたしがそう言うと、キットンは手に持った図鑑を広げながら言った。

「そうですよ。たしか、そう書いてありました。図鑑には」

でもなぁ。そんなの、とうてい信じられないよ！

今、目の前にいる奴ら、そうとう強そうなんだもん。

わたしが目をパチクリさせていると、キットンはゲラゲラ笑いだした。

「ま、レベル10くらいの冒険者たちにとっては……という但し書きがついてましたけどね」

「んもう！　どうして笑ってられるの？　信じられない!!」

「いや、しかし、ほらごらんなさい。ノルとクレイでやっつけちゃいましたよ!!」

「ええー!?」

そうなんである。

わたしとキットンがばかな話をしている間に、なんとなんと、ノルとクレイは二匹のゴンゴルゾーラたちを見事やっつけてしまったのである！

すごいすごい!!

5

「しっかし、ひどいなぁ……」

クレイが壁を見回しながら言った。

そうなんだよね。

さっきのゴンゴルゾーラたちがいた部屋……。

そこって、目映いばかりの金色の装飾がされた壁に、やっぱりモンゲーナのレリーフが施されていて、その上、立派な（というか昔は立派だったんだろうと思われる）椅子やテーブルがあったが、滅茶苦茶に壊されていた。

それにしても、たまんない。

ゴンゴルゾーラの臭いが臭くって、臭くって。

「くちゃい、くちゃい!!」

ルーミイなんてちっちゃな鼻をつまんで、大騒ぎ。

シロちゃんだけは、「おいしそうな臭いデシ！」なんて言ってるけど。

なんかね。

チーズが腐って、百年くらいたったのを鍋でクツクツと煮立たせたような臭いなのよね。

散乱した椅子などを見ながら、キットンが言った。

「どうやら、ここはこの遺跡を造った種族にとってとても神聖な場所のようですね……。もしかしたら、神殿か、あるいは偉い人の住居か」

「偉い人？」

わたしが聞くと、トラップが腰に手をかけて振り返った。

「王か、王子かもしれねぇぜ。どうだ、パステル。いっちょ、玉の輿を狙ってみるっつーのは」

「な、何言ってんの？　ばっかみたい!!　もう滅んだ種族かもしれないっていうのに」

わたしがすぐさま反論すると、彼はひょいと肩をすくめてみせた。

「なんでぇ。やっぱ、ちっとは期待してんじゃねぇか」

「期待なんてしてません！」

何、言ってんだか！

あああ、もう。くっだんない。

余計な時間を使ってしまった。

……なんて、わたしたちが非常にくだらない言い合いをしている間に、クレイたちはさっ

きの部屋に戻っていた。

「おーい、パステル、トラップ。早く来いよ。こっちのドアも開いてるみたいだし、中は誰もいないから入ってみるぞー」

と、クレイの声。

「待て、待て。おれが最初に入るから」

トラップはそう言うと、こともあろうに、

「あーあ、無駄なことに時間使っちまったぜ！」

なんてことをほざいた。

盗人猛々しいとは、このことである。

「あ、あのねぇ！　それを言いたいのはこっちのほうなの！　んもう、信じられない！」

あああ。

わたしって、どうしてこんな馬鹿なことに頭きて、相手したりしたんだろう。

どれだけ後悔したか。

でも、「後悔」っていうのは、後になってからしかできないものなんだよね。

はぁあぁ…………。

どういうことかというと。

トラップの後について、そのゴンゴルゾーラが滅茶苦茶にした部屋を出ようとしたら、いきなり足下から床がなくなってしまったのよ。

ううん。

足場が弱くなっていたところがついに崩れましたっていう感じ。

ガラガラという音とともに、両足がズボッと落ち、ついで体も全部。

「きゃあああああああ――――!!」

たぶん、ほんとにすごい声だったんだと思う。

わたし自身、耳をふさぎたくなるような大声を出した。

一歩先に行っていたトラップが振り返った時には、もうわたしが落ちかかっている時だったらしい。

なんとか床の縁に片手だけかけることができた。

でも、腕の力がないのには自信ある。すぐにも落ちてしまいそう。

「うっそ――!　トラップ、早く助けて!!」

「ほれ、手を……もう一方の手もこっちに貸せ!!」

トラップが縁にかけていた手をつかんでくれた。

彼の言う通り、もう一方の手も出し、トラップの腕につかまった。

……んだけど、わたしったらわたしったら、無我夢中で彼の腕を思いっきり引っ張ってしまったのだ。

「うわあああ！」

今度はトラップの絶叫。

「え？　え？　う、うそぉー!!」

「ぎゃあああ!!」

「おい、トラップ、パステル!!」

「ぱあーるぅー！」

クレイやルーミィの声もかすかに聞こえた……。

でも、それはもう夢のなかの声のようにしか、聞こえなくなっていたのである。

ダンジョンはくらあく、そして、さむうい

1

あーあ。

わたしって、どうしていつも同じ失敗をするんだろ。

助けてくれたトラップの手を逆に引っ張っちゃうのって、今までにも何度かあった気がする。

いや、気がするのではなく、事実だ。

とほほほ。

でも、悠長にがっかりしたりうなだれたりしている場合なんかじゃなかった。

わたしたちは、真っ暗な中に落下。

かなり高いところから落下した上に、ズルズルとどこかに滑り落ちてしまって、上で心配しているはずのクレイたちの声さえ届かない場所まで落ちてしまった。

そのわりには、たいして痛くもなかったし、どこにも怪我はなかったけど。

あ、でも、膝打ったところが、ジィーンと痺れてるかも。そういや、キットンが痺れをとる薬がどーたらこーたら言ってたなぁ……って、いやいや、こんな痺れのことを言ってるんじゃないよね。

ううう、それにしても、ゴンゴルゾーラの臭いが鼻につく。

「ここにもゴンゴルゾーラがいるのかなぁ？」

わたしがつぶやくと、トラップがわたしの後頭部をポカッと叩いた。

「ゴンゴルゾーラがいるのかなぁ？　だ⁇　しっかり目ぇ開いて見ろ!!」

「ええ？　い、痛い。何すんの、トラップ……って……え、えぇ……!!」

思わず大声で叫ぼうとしたけど、それより一瞬前にトラップに口をふさがれた。

「ばか、静かにしろ！　起きたらどうすんだよ」

トラップは小声で言った。

起きたら……。

彼はそう言った。

起きたら、どうすんだよって。

そうなのよ!!

トラップがポタカンを点けたから、わかったんだけどさ。

わたしたちの目の前には、さっきのゴンゴルゾーラがぞろぞろ寝ていたの!!

少なくとも、十四はいたかなぁ。

「……!＊……!!……☆!!」

わたしがジタバタして騒いでいると、トラップはさらに人をバカにしたように見た。

そして、今度は口だけパクパクさせた。

(おめえは、完璧なバカか!?)とでも、言ってるように見えた。

でも、わたしたちの心配をよそに、ゴンゴルゾーラたちはビクともしない。スヤスヤと寝ている。

これなら多少騒いだって起きてきそうもない。

「ここは、こいつらのねぐらなのかな……」

トラップはそう言いながら、ポタカンであちこちを照らし出した。

「トラップ、ポタカンだけは手放さなかったのね?」

感心して、そう言うと、いきなりポカッと叩かれた。

「ったりめえだろ!?」

んもう、せっかく感心してあげてんのに。

しかし、それにしても、なんだ、ここは。

あっちにも、こっちにも。ゴンゴルゾーラたちが、重なるように寝こけている。

ダンジョン自体は、さっきまでとはうって変わって、岩のゴツゴツした自然のダンジョン。

「しっかし、さみぃな……」

トラップは小声でそう言うと、自分の両腕をぎゅっと抱きしめた。

ほんと。

そういえば、自分たちの息も白く見えるほど、ここは寒い。

見れば、ゴンゴルゾーラたちの皮膚の表面に、うっすらと白い霜のようなものが付いているし。

カチカチカチ。

なんの音だろうと辺りを見回してみて、ポカンと口を開けた。

なんてこった。

これ、わたしの奥歯が鳴ってる音じゃないの。

わたしたち、一応ダンジョンの中に入るんだから、ちゃんとアーマーとかもつけて、長袖は着ていたけど。でも、マントまではつけてない。初秋用の装備ってところだもん。

冬はいてるタイツとかもはいてないし、毛糸の……いや、そんなことはどうでもいい。

ともかく、このままじゃ凍死しちゃうよ！

どこか、脱出できる出口はあるんだろうか？

……って、ガタガタ震えながら考えていたら、ふわっと肩に上着がかかった。

なんと、トラップが自分の上着を貸してくれたのよね。

ど、どうしちゃったの!?

この上、雪でも降っちゃったらどうするの？

「え？　雪がどうしたって？」

「あ、ううん。な、なんでもない。それより、いいよ。トラップだって寒いでしょ」

「あのな。冒険者たるもの。ちょっとくらいの寒さや暑さなんか平気なくらい、日頃から体を鍛練してなきゃいけねえんだ。わかったか！」

なんて、偉そうな言い方してるけど。

トラップだって、奥歯カチカチ言わせてるじゃん。

それに、首筋とかしっかり鳥肌立ってるし。

「いいよ、本当に。トラップが凍死しちゃったら、わたし困るもん」

そう言うと、彼はニヤッと笑った。

「へぇー、そうか。パステルはおれが死んだら困るんだ。そうかそうか。そうだよなぁ」

「何、言ってんの!?　ばっかじゃない!?　あのね。そりゃそうでしょ。こんな気味悪いとこ

ろで、たったひとりになっちゃったら……なんて。死んだほうがマシよ」

「ふんふん。なるほど。そいつあ、えれぇ説得力がある。だな。おれもイヤだ。んじゃま、とっとと出口を探そうぜ」

彼はそう言うと、わたしをハタと見た。

「??」

わたしがびっくりしていると、トラップは言った。

「これだけは言っとくけどな。パステル、絶対に迷子になるなよ」

「へ？」

「だぁら、この上、おめえに迷子になられると、すっげぇ困るわけ。わかる？」

彼はそう言うと、クルッと後ろを向き、ズンズン先に歩いていってしまった。

……って、何よ、それ！

んじゃ、まるでわたしが迷子になるの確定みたいじゃないのよ！

ま、たしかに、いろいろと前例はあるから、大きなことは言えないんだけどね。

でも、それにしたって、わたしだって好きで迷子になってるわけじゃないし、これでもいろいろと工夫したり注意したりしてんですからね！

なんて、文句のひとつも言おうと思ったけど、トラップったら、どんどこ先に行っちゃっ

てた。

「ちょ、ちょっとぉ、待ってよ！」

注意してないと、ゴンゴルゾーラを踏みそうになる床。わたしは転びそうになりながらも、必死に彼の後を追いかけていった。

出口……。

ほんとに見つかるのかなぁ。

2

でもね。

わたしがついてたのか、トラップがついていたのか。

どっちかはわからないけど、わたしたちは出口を見つけることができた。

トラップは、おれに感謝しろと得意気に胸を張ってみせた。

自分たちを襲ったゴンゴルゾーラたちだって、どこかからか上へやってきたんだから、どこかに上へ行ける通路があるに決まってると辛抱強く探したからだ。

そう。

途中で、何度もあきらめて座りこみたくなるほど、時間がかかった。

相変わらず寒いし、だんだんと足の感覚がなくなっていって、ついには眠くなってしまった。

つい両目を閉じてしまうと、今度はそのまぶたが凍り付いたように動かなくなった。

何度、このまま寝てしまえば気持ちいいのに……と願ったことだろう。

でも、そのたびにトラップに揺り起こされ、はっ倒され、怒鳴りつけられして、イヤイヤながら起きた。

たしかに、この時のトラップには感謝する。

彼がいなかったら、わたしは確実にゴンゴルゾーラたちと一緒に眠りこけ、ついには凍死してしまっていただろうから。

はぁ……。

それだけは絶対イヤだよね。

冒険は危険なことだらけではあるけど、でも、それにしたって、よりにもよって、あんなゴンゴルゾーラたちと寄り添いながら凍死だなんて！

「トラップ、ありがとう」

わたしが心からそう言うと、今度は、

「ちぇっ、んな素直になるなよ。背筋がゾッとすらあ」

だって。

ふん。あんたこそ、どうしてもっと素直になれないのかなあ。

あ、そうそ。

それでね。

わたしたちがどんなふうに出口を発見したかというと。

さっき落っこちたところではなく（その穴はふさがってしまってたからね）、冷気が降りてきているのとは反対の方向へ歩いていったのだ。

そう。右のほうからすさまじい冷気が降りてきていて、そっちに行っても、ゴンゴルゾーラたちが完璧に寝てるだけだっていうのがわかったからね。

どっかあったかいところに出口があって、さっきのゴンゴルゾーラたちも出てこれたんだろうというのがトラップの推理だった。

たしかに、そのすさまじい冷気の降りてくる場所とは反対方向に歩いていけばいくほど、だんだんあったかくなってきた。

といっても、寒くってしかたないのには違いないんだけどさ。

ついに、ゴンゴルゾーラが一匹もいない場所に出た。

「この辺にちげえねえ！」

トラップは盗賊としての勘が働くのか、そう断言して、あちこち壁や床、天井を調べてまわった。

途中、わたしが眠りこんでないか、チェックしながらね。

で、ようやく見つけたのだ。

そこだけ床がせり上がっていて、ついには天井につきそうなほど高くなっている場所があって、その天井の奥のほうに一カ所だけ穴が空いていたのだ。早速、上へと上がったんだけど。


どうやら、ゴンゴルゾーラも、この穴から這い上がっていったらしい。

それが証拠に、その広めの部屋は、どうやら集会場みたいな場所のようなんだけど、いろんなものが無惨な状態で散らばっていた。

たくさんある椅子もひっくり返されていたし、奥の戸棚にいろいろしまってあったんだろうけど。滅茶苦茶に荒らされていたのだ。

これが全部、さっきクレイとノルが倒した二匹のせいだとは考えにくい。

「っていうことは、他にもいるかもしれないんだよね？」

嫌な予感！

わたしがそう言った時だ。

「そういうこった！　くそ。囲まれたぜ！」

と、トラップの声。

彼のポタカンが照らし出した先に、ゴンゴルゾーラたちが少なくとも四匹は見えた！

奴らは寝ちゃいない。

黄色く光る目玉をグリグリと動かし、耳まで裂けた大きな口かららんぐいの歯を剝き出して、ケタケタと笑っていた。

手には、汚いこん棒。または小さな弓。

「パステル、左にドアがあるのがわかるか!?」

隣に立ったトラップが言う。

この部屋、けっこう広めなんだけど。ドアは彼の言う左の一カ所と右にしかないようだった。右のドアの前は、すでにゴンゴルゾーラたちでいっぱい。

つまり、実際は左のドアしか使えないってこと。

トラップの指し示す先を必死に見ると、暗がりにドアの輪郭がぼんやりと見えた。

「うん！　見えた」

「最悪、鍵がかかっているかもしれねえ。となると、けっこう時間がかかる。体当たりでドアが開いてくれりゃいいが、そうなると、逃げこんだ後が問題だ」

「そっか。ドアが壊れて、こいつらを閉じこめるわけにいかなくなるから?」

「そうだ。あのドアから外に出て、すぐにドアを閉める。で、おれはクサビでドアを固定する。だあら、おまえが時間を稼いでくれ。その間におれはドアを開ける。ま、おれたちに運がありゃ鍵はかかっちゃいねえけどさ」

「う、うん!」

ここで、かっこよく「了解!」なんて言いたいところではある。

でも、そんなこと言えないよ。

時間稼ぎだなんて、何すりゃいいのよ。

ただでさえ、わたしのクロスボウは一発撃った後、次の準備するのに時間かかるっていうのに。

それに、わたしたちの運はあまりないようだった。

トラップが心配した通り、ドアにはがっちり鍵がかかっていたからだ。

「くそ! 罠は……ねえようだが、厄介な鍵だ。パステル!」

「う、うん。わかった。ドンとまかしといて」

もう、こうなりゃヤケだもんね。

わたしはクロスボウを構えると、矢を装塡。

ジリジリと迫ってくるゴンゴルゾーラたちに向けて、一発撃ってみることにした。

ドスッ!!

いい音。

あああああ、でもでも、音だけはいいけど、ぜんぜん違う方向に矢は飛んでいき、奥の戸棚に深々と突き刺さった。

でも、ゴンゴルゾーラたちには、ちょっとだけ脅威だったみたいね。

お互いに、「ガウガウ、ギュエ?」とか「ウゴオアカウウ」なんて、わけわかんない言葉で言い合って、首を傾げたりしていた。

んもう!

じゃあ、当たんなくてもいい。

やるだけ、やってやるう!

わたしは必死に心を落ち着け、次の矢を装塡した。

でも、焦ってるから、手が滑って、なかなかうまく装塡できない。

ひゅんっ!

ドスッ。

これは、わたしのクロスボウの音じゃない。

ふぁずの
TRPG
コラム

罠解除

わたしは、フォーチュンのリプレイ本では、トラップ役をやっています。それに、純粋に遊びでやっているD&Dのほうでも、盗賊の技能を持つレンジャーという役（そう！ この本の中で登場する、レンジャーのように）。

だから、冒険中はしょっちゅういろんなところをチェックして回っています。

実生活でも、ついついドアを見ると、罠がないかふと考えてしまったりして……って、これはウソです。ごめんなさい。

でもね。それくらい、とにかくドア見ればチェック、罠を発見したら解除、鍵開け……。宝箱見ても同じ。

だいたいダイス目に強いわたしなので、たいがいの罠は解除できるけれど、いつもいつもってわけじゃない。

時には失敗して、せっかくの宝箱は粉々。自分もダメージを受けて、髪なんてチリチリ、顔も真っ黒になってしまうこともあります。

当然、中に入っていたであろう宝物も粉々。ゲームマスターが「そこには、もしかしたらとても高価な宝石のちりばめられたアンティーク人形があったのかもしれない。または、やはりとてもとても貴重な宝の地図があったのかもしれないが、今はもう跡形もない状態なので、それがなんだったかを君は知る術もない。残念だねぇ」なんて、意地悪く言うわけです。

だから、できるだけ特殊技能のスキルは上げておきたい。なんらかの補助アイテムとかあったらいいなぁとも思う。ほら、戦士はいい武器を持てば与えるダメージを大きくできるでしょう？ そんな感じで、盗賊も「罠解除の介助君」なんてアイテムを使うと、ダイス目にプラス何点かできちゃうとかね。

ないかなぁ……っていうか、それ、今度作ればいいのか？

イラスト／美鈴 秋

あっちの小さな弓が飛んできた音。

「きゃあ！　ト、トラップ!!」

鍵開けをやってる最中のトラップの頭の辺に矢が飛んできたのだ。

トラップは、ヒョイと避けて言った。

「いいから、おめえは自分のやることやれ！」

ふわぁ！

余裕じゃん！　……とは思ったけど、よく見ればトラップったら、冷や汗をぬぐってる。

もしかして、今のは偶然!?

ははは。

なんてこと考えてる間にも、他のゴンゴルゾーラたちの矢がヒュンヒュン飛んでくる。

うわうわ。

早いとこ、こっちも応戦しなきゃ。

でも、ドキドキして、指が滑るよぉ。

それでも、なんとかかんとか。

やっとこさ矢を装塡し、わたしは彼らのど真ん中を狙ってクロスボウを発射した。

ヒュッ、ドスッ!!

「ギョエッ!!」

「クウエエ!!」

何匹かがすごい悲鳴をあげた。

当たったの？

わ、わ、わっからん！

ま、どっちみち倒れたのはいないから、たいしたダメージじゃなかったみたいだ。

でも、彼らはすっごく怒りまくって、何かギャアギャアと叫び始めた。

な、なんだか、よくない展開じゃないの？

「ね、ねえ、トラップ。まだ？　どうしよう。なんかすっごく怒らせちゃったみたい……」

わたしが言うと、彼は口に細長い針金をくわえたまま、難しい顔で眉間にしわを寄せた。

はいはい。

邪魔しちゃいけないのよね。

ああー、でも、ほんとにすっごく怒ってるよ、みんな。

わたしはもう半べそをかきながら、次の矢を装塡しようとして、ハタと気づいた。

ふだんのわたしだったら、三本くらいしか矢を持ってないから、次の一本でおしまいだったただろう。

でも、今はまだ三本ある。

あのフランシィって人と五本ずつ分け合ったおかげだ。

彼女のことを思い出すと、わたしは少しだけ気持ちが落ち着いた。

ふんばらなきゃ！

3

と、気合いを入れ直したんだけどね。

「よっしゃ、開いたぜ！」

ガチャッという心地よい音を響かせ、ドアが開いた瞬間。

力が一気に抜けた。

「ばか、何、クタッとしてんだよ。急げ!!」

トラップに襟首をつかまれ、大急ぎで外に。

出たと同時に思いっきりドアを閉めたトラップ。すかさず、外からクサビを打ちこむ。

ドンドンとゴンゴルゾーラたちがドアを叩いている音が響いたが、トラップの打ち付けたくさびはビクともしなかった。

「ふん。このクサビ、高かっただけあんな。昨日買ったばっかなんだけどさ」

彼はそう言うと、自分のウェストバッグに七つ道具をしまった。

そうか。彼も、町で買い物をしていたんだ。

「だとしても、いずれ奴ら、出てくるだろうし。長居は無用だな」

と、トラップが言った時だ。

正面のドア（わたしたちが出てきたのと全く同じに見えるドアがあった）がバンッ！　と開き、わたしたちはギョッとして見た。

あっちも同じようにギョッとした顔、顔、顔……。

「トラップ！　パステル!!」

「クレイ！　……それにそれにノル、キットン、ルーミィ、シロちゃん!!」

そうなんだ。

正面のドアから顔を出したのは、クレイたちだった。

「よかった。どうやって上がってきたんだ。俺たち、すっげー心配したんだぞ！　いくら呼んでもウンともスンとも返事ないしさ」

クレイが言うと、その横からルーミィが転がるように走ってきた。

「ぱぁーるぅ！　ルーミィも心配したんらお」

ジャンプして、わたしに抱きつく。

わたしもやわらかくってあったかいルーミィを抱きしめた。

「よかったデシ！」

シロちゃんもシッポを振りながらわたしを見上げた。

「ありがとう。実はね……ここの地下、ゴンゴルゾーラたちの住処になってたのよ。んもう、すっごい数、いたの。しかも、全員寝てた」

わたしが言うと、キットンが「ほほう！　それはおもしろい！」と大声で言った。そして、

「こっちもいっぱいいいましたよねぇ？」と、クレイを見上げた。

「え⁇　ゴンゴルゾーラが⁇」

わたしが聞くと、クレイは首を振った。

「いや、こっちの部屋のもうひとつ奥のほうにある部屋。そっちの天井全部、モンゲーナたちで埋め尽くされてたんだ」

「げげっ!!　ほ、ほんとに？」

「ああ。そりゃもうすっごかった。でも、おれたちがそーっと出ていったら、何もしなかったよ」

「そうなんだぁ……」

わたしが感心していると、トラップがキットンに聞いた。

「話、戻すけどさ。ゴンゴルゾーラたち、全部寝てたんだ。地下、すっげぇ寒くってさ。おめぇ、さっき言ってたよな。ゴンゴルゾーラは寒さに弱くて、冬眠するって」

「はい、言いました。そうですか、じゃあ、奴らは冬眠してたんですね？」

「そうだ。だけど、こっちの奥の部屋に出口が開いちまって、んで、あったかい空気が流れこんだんだろうな」

「なるほど。それで、ゴンゴルゾーラたちの一部が冬眠から覚めた……と。しかし、どこなんでしょうね。そんなにすさまじい冷気を放っている場所というのは」

「さぁな……」

と、わたしたちが話している間にも、ドンドンとさっきのゴンゴルゾーラたちがドアを叩いていた。

「ともかく時間はあまりない。別の場所に行こうぜ……って言っても、そっちにゃモンゲーナたちがウヨウヨいるんだな？」

トラップが聞くと、クレイがうなずいた。

「後は、この後ろのドアしかない」

なるほど。クレイの後ろには、ひときわ豪華な細工が施された大きなドアがあった。

トラップがチェックすると、やはり鍵がかかっていて、しかも罠までかかっていた。

「どうやら、この奥がお宝らしいな」

トラップはニヤッと笑い、腕まくりをした。

しばらくドアの前でアレコレと罠を外していたが、

「ＯＫ、解除成功。マジックミサイルの罠だった。後は、鍵だが……およ？　なんだ、罠と連動してたみたいだな。鍵も開いたぜ」

と、得意気に言った。

そして、仰々しくドアを開いたのだが……。

「おお？　階段だ!!」

トラップが叫んだ通り、立派な部屋の中央には、ピカピカと光る階段があり、上へと続いていた。

「ほれ、行くぜ。行くぜ。お宝だぁー!!」

すっかり調子に乗ってるトラップの後に続き、わたしたちもはやる気持ちを抑えきれず、ドキドキしながら階段を昇った。

でも、その階段、あっちこっちにクネクネと続いていて、昇ったり降りたりを繰り返したんだよね。

「おいおい、どこまで行くんだよ！」

「へへへ。こいつぁ、絶対にすっげぇお宝だな。これだけ用意周到なんだからな！」

「もう疲れたおう！」

「ルーミィしゃん、がんばるデシ！」

「はぁあ、なんかだんだん方向感覚なくなってくるね」

「おめぇ、最初っからねぇだろ、んなもんは」

「なんですって——!?」

「おい、ちょっと静かにしろよ」

なんて感じで歩いている間に、だんだんと寒くなってきた。

いや、そんな悠長なもんじゃなくて、吐く息も白くなっていった。

「ハクッチョン！」

ルーミィがかわいいくしゃみをしたから、あわてて彼女のリュックから上着を取り出して着させた。

「こりゃ、なんか臭うな」

トラップが言うと、キットンも、

「ええ、だんぜん臭いますねぇ！」

と、うれしそうに言った。

「おいしそうな臭いなんデシか？」

シロちゃんが不思議そうに聞いたので、思わず吹きだした。

……でも。

たしかに、これは怪しい。

地下のゴンゴルゾーラたちが冬眠していた、氷室のように冷たい場所といい、ここの冷気といい……。

いったい、何が待ってるんだろう!?

わたしたちは、怖いの半分、好奇心半分、高鳴る胸を抑えながら再び階段を昇り始めた。

そして、ついに到着したのである。

とんでもない部屋へ。

モンゲーナの卵

1

部屋は円形で、その中央に羽根をつけたリザードマンのような彫像が立っていた。

見た瞬間に、その彫像が、ダンジョンに入ったところに立っていたものとよく似ているのに、みんな気がついた。

ほら、『我の兄に愛を捧げよ』という文字が書かれていた、あれだ。

っていうことは、これがあの彫像のお兄さん？

部屋の中全部が白く輝いていた。

床や壁が発光しているのかもしれない。

その床なんだけど、彫像を中心にして、ぐるりと円を描くようにたくさんの卵が並んでいた。

卵の周りだけ、土でも盛っているのか、こんもりとしていて、転がらないようになっていたし、卵を保護するように、透明のカプセルが卵を覆っていた。

けっこう大きな卵で、表面に薄紫色の斑点があった。

「わぁーい、たまごだお！　しゅごいしゅごい!!」

ルーミィが飛び跳ねながら卵の周りを回ろうとするので、大あわてで止めた。

「ダメ！　ルーミィ、卵、壊しちゃったら大変だから！」

すると、彼女はほっぺをふくらませて言った。

「ルーミィ、たまご、こわしたあしあいもん！」

「うんうん、ならいいんだけどね。とにかく、ジッとしてて。危ないからね」

「しかし、ま、これならたいがいのことしても壊れそうにないけどなぁー」

と、トラップは卵を覆った例の透明のカプセルをコンコン叩きながら言った。

すると、ずっと黙りこんでいたキットンが突然叫んだ。

「な、な、なんですかぁ――――!?　これはぁああ!!」

全身ブルブル震えながら、両手を堅く握りしめ、足も踏ん張っている。

「ああ、びっくりした。脅かすなよ」

クレイが胸の辺りを押さえながら言った。

「ここって、モンゲーナの産卵場所なのかなぁ」

わたしが聞くと、キットンは首をブンブンと振った。

「たしかに、これはモンゲーナの卵です。しかし、彼らは通常森の中に棲み、木の上に卵を

産みます。こんな場所に産み付けるはずがない！」

「じゃあ、なんなんだろう……」

「さあ……。ともかく、ここの神殿を造った種族たちは、モンゲーナたちを神聖な生き物として崇拝していたんでしょうからね。その卵をこれだけ保管しておくというのも、なんらかの意味があったんだと思います。たとえば、復活のために必要だとか」

「復活？」

「そうです。ここが、もし、その種族の王の墓だったりしたらどうです？」

「げげ、お墓なの!?」

「そう。王の墓の中に、多くの財宝を置いたり、腐る心配のないよう、加工した食べ物を置いたり、友達を置いたりするというのはよく聞きますから」

「やだ。友達って、何よ！」

なんか、キットンの言い方にゾッとさせるものがあったもんで、わたしは一歩後ろにひいてしまった。

「ま、要するに生け贄ですよねぇ」

「やっぱり……」

「でも、モンゲーナの卵を置いておくというのは、そういうのとは違って、何かの儀式に使

うためと考えたほうがいいでしょう。これだけ整然と置いてありますし、氷室のようにして保管しているんですから」

「っていうと、まだ生きてるの？　この卵は……」

わたしが聞くと、キットンは卵のひとつに近づき、カプセルを取った後、そおっと卵の上に手を置いた。

しかし、力無く首を振るだけ。

「わかりませんね。生きているにしても、これだけ冷たい場所にあるんですから。冬眠状態でしょう。覚醒させるには、温めないと……」

すると、トラップが手を振って言った。

「おいおい、やめてくれよ。ここ、あっためたら、絶対ゴンゴルゾーラたちも冬眠から覚めるぜ。あそこがあんなに寒かったのって、ここの影響だと思うしな」

それはそうだ。

「じゃ、どうする？」

中央の彫像の前に立ったクレイが聞いた。

「他に部屋もないようだし……。ここで終わりかな？」

「終わりってこた、ねえだろ」

トントンと卵の間を器用に飛び越えながら、トラップがクレイに近づいた。

クレイは嫌そうに言った。

「じゃあ、やっぱり例のことをやってみるわけ？」

トラップは意味ありげにニヤッと笑う。

「そそ。『我の兄に愛を捧げよ』ってさ。それが次の部屋への鍵になってるんだろうからさ。ほれ、ここはひとつ、リーダーから……」

「し、しかし……。愛を捧げるって、どうやったらいいんだ？」

クレイの顔がみるみる赤くなってきた。

なぜだか、わたしもほっぺが赤くなってくる。

愛、愛ねぇ……。

どうやって捧げるの??

でも、クレイってつくづく真面目なんだね。

一所懸命考えながら、「じゃ、試しに……」なんて言って、彫像に抱きついてみたり手を握ったり、その手にキスしたりした。

もう、やけくそって感じでね。

でも、何も変化はない。

「はぁ……、なんだっていうんだよ」

クレイがため息(いき)をつくと、トラップが言った。

「やっぱさ。愛が足りないんじゃないの？　もうちょっと感情こめて、愛を表現しなきゃ」

クレイはキッとトラップを睨(にら)みつけた。

「おまえなぁ。そう言うんだったら、自分がやってみればいいだろ？」

「へへへ。おれ？　おれが愛なんつうものを表現できると思う？」

クレイは再(ふたた)び大きなため息。

「そうだよな……。おまえがやったら、ふざけてるとしか受け取らないだろうな」

「だろ？　もしかして、逆効果(ぎゃくこうか)で、怒(おこ)らせちゃったりしてさ。だぁら、やっぱここは、くれいちゃんが、ビシッと決めてくんなきゃ。そうだ。口にキスってのは、試してみた？」

「く、口にだとー!?」

「そそ」

なんちゃって、トラップ、あなた完璧(かんぺき)に遊んでるでしょ。

でも、クレイってば半分泣きそうな顔をして、鷹(たか)みたいな顔をした彫像の口に唇(くちびる)を近づけていった。

うわわわわ。

ほんとにすんの？

みんなが固唾を呑んで見守っているなか、クレイはついにブチュッとやってしまったのである。

あぁーあぁ。

かわいそぉ。

両目を堅く閉じていたクレイは、そーっと目を開き、唇も離した。

でも、彫像はそのまんま。

部屋もそのまんま。

なぁーんにも変わらない。

どっと出るため息&なんとも居心地の悪い沈黙……。

その静寂を破って、クレイが怒鳴った。

「な、なんだよ、もう！　なんにも変わらないじゃないかぁー！」

「やっぱ違うか……。ま、そんなこったろうとは思ったけどな」

トラップが言うと、クレイは真っ赤な顔をもっと赤くしてつかみかかっていった。

「だったら、させるな!!」

それをひょいひょいよけながら、

「ほら、暴れるなよ。モンゲーナの卵を踏みつぶしちゃ大変だぜ。へへ、でもさ。これでその線はないってのがわかったわけだろ？　キスだの、抱きつくだの、ひざまずいて手にキスするだの……」

と、言う。

これには、クレイも黙るしかないわけで。

しかし、いきなりキットンが大声を出した。

「いや、それだ！　ひざまずくんですよ。ほら、これを見てくださいよ!!」

2

彼が指さしていたのは、彫像の手だった。

右手を斜め下に突き出しているようなポーズをとってるんだけどね。その指をキットンは勝ち誇ったように指した。

「この指に、あのディアさんのお父さんが持っていたという指輪をはめるんじゃないですかね？」

「なにぃー？」

「どれどれ」

トラップもクレイもじゃれあいをやめ、彫像の前に走り寄った。

もちろん、わたしもノルも。

なるほど。たしかに、指がみんな離れているからはめようと思えばはまるかもしれない。

「そういえば、入口の彫像も指輪してた」

ポツッとノルが言ったもんで、みんなびっくり。

「トラップ、今度はおまえがやってみろよ」

指輪を持っていたのはトラップだからね。

クレイに言われ、彼は指輪を取り出して、彫像と指輪とをかわるがわるに見た。

そして、いったんは指輪を彫像の指にはめようとして、彫像の前に片膝をついてみたものの、ふいに中断してしまった。

くるっとクレイのほうを振り向く。

そして、ぐいと指輪を突き出した。

「やっぱおまえがやれよ。こういうのはおまえのほうがさまになるからな」

「さまになるとか、そんな問題じゃないだろ」

クレイが口を尖らせる。

「いや、こういうのは、やっぱ重要なんだよ。ほれ、早いとこ、やれよ。グズグズしてっと、

さっきのゴンゴルゾーラたちが追いかけてくるかもしれねえぜ？」

「この寒さじゃ、来ないよ、きっと。それに、そう言うなら、おまえが早いとこやればいいのに……」

まだ文句を言っていたクレイだが、指輪を見て、ため息をついた。

「しかたないな」

と、彫像の前にひざまずいた。

おおお、やっぱり断然さまになってる。

「ほんとに。トラップの言う通り、クレイがそういうポーズをとると、まるで伝説の聖騎士のようですねぇ」

キットンも同じことを考えたらしい。

トラップも「ほーらな」と得意そう。

でも、

「くりぇー、おなかいちゃいんか？」

と、ルーミイが台無しにすることを言ったもんで、みんな思わず笑い出してしまった。

「じゃ、指輪、はめてみるからな」

気を取り直して、クレイはそう言うと、彫像の指をぐっと見た。

そして、ハタと手を止めてしまったのだ。

「どうした？　まだ問題あんのかよ。早いとこ……」

と、言いかけるトラップの言葉をクレイは遮った。

「あのさ。それで、どの指にはめるわけ？」

たしかに、彫像の指はどの指も離れていて、どの指でもはまりそうだった。

「とりあえず、どれでもいいからやってみんべ。じゃ、基本的なとこで薬指か？」

トラップに言われ、クレイはあまり納得してない顔でうなずき、彫像の薬指に指輪をはめた。

カチッという音がした。

いきなりビンゴ？

……と、部屋全体がビリビリと振動を始めた。

白く発光している床や壁もパッパッとフラッシュしている。

天井からは、パラパラと粉が落ちてきた。

そして、床の一部に亀裂が入った。

「わ、わたたた……、な、なんだなんだ？」

トラップがバランスをとりながらわめく。

もちろん、わたしたちもきゃあきゃあ言いながら床に這いつくばった。卵の上にも粉は落ちていったが、幸い無事なようだった。

しばらくして、振動はやみ、わたしたちはほっと胸をなで下ろした。

でも、それだけなんだよね。

宝箱が出てくるとか、扉が開くとか、そういう変化は一切ない。わりと長い時間待ってみたけど、やっぱり何も起こらなかった。

でもね。

こういう時って、いつもわたしたちはいろんなことを試してみる。

六人で、あーでもないこーでもないと意見を出し合い、アイデアを出し合う。もちろん、ルーミイも。彼女もたまには、いいことを言うもんね。

ま、今の場合は別の指にはめてみるっていうんだろうけど、もしも全部試してみてもダメだったとしたって、おいそれとあきらめはしないのだ。

クレイは「じゃあ……」と、今度は中指にはめてみた。

そして、なんということだろう!!

再び起こる振動。

天井から粉雪というより、冷たいみぞれのようなものが降ってきたのである。

「さ、さむっ!!」

タダでさえ、吐く息が白くなるほど寒いっていうのに、その上みぞれだよ?

わたしたちはひとところに集まり、ガタガタ震えだしてしまった。

……んで、結果はやっぱり変化なし。

「ううう、やっぱ入口にあった彫像を見てきたほうがいいか？　みぞれだの粉だのですんでるうちはいいけど、上からもっとやばいもんが降ってきたらどうする!?」

すると、みぞれに濡れた黒髪をかきあげ、クレイがわたしたちを見回した。

「ともかくもう一回だけ試してみるよ。たぶん、今のは警告なんだろうと思う。ここの神殿のことを知らない外部の者に対する……ね。でも、決して大ダメージになるようなものは降ってこないと思うよ。だって、そうなると、おれたちにダメージを与えるだけじゃなく、このモンゲーナの卵たちにも重大なダメージを与えることになるからね」

彼は、慎重に彫像を見上げ、祈るように目を閉じた。

次に指輪をはめたのは、人差し指だった。

3

カチリッ。

心なしか、今までの音とは違うような気がした。
もっと、心地いい軽やかな音っていうのかな。
わたしたちはガタガタ震えながら、今度は何が起こるんだろうと辺りを見回していた。
でも、振動もない。
もちろん、天井から粉も落ちてこないし、みぞれも降らない。
矢も降ってこない。
まるで何も起こらない状態が二十秒程度。
ふいに、彫像の前の床に、白い光が差した。
そのスポットライトの中央に、銀色に光るはしごが現れたのである。
不思議なことに、そのはしごの先は、途切れている。
つまり、空中にはしごの一部が浮かんでいるような、そんな状態だった。
ポカンと口を開け、わたしたちははしごを見ていた間が、約五~十秒かな。
「やったぜ!」
トラップがそう言って、まだひざまずいたままのクレイの肩にポンと手を置いた。
それをキッカケに、みんなで歓声をあげようとした時だった。

ニャア――――オ！　という、甲高い猫の鳴き声がした。

振り返ると、あの時の紫色の猫が大きく伸びをしているではないか！

背中の白いドクロ模様もくっきり。

「あ、にゃんこちゃん!!」

うれしそうにルーミィが言う。

「猫ちゃん、あんた、いったいどこからここに来たの？」

わたしが呼びかけた時、その背後からシュルシュルシュルシュルッと音をたてながら、太く大きな青いヘビが滑りこんできた。

「ぎゃ――――――!!」

思わずルーミィを抱えて、ノルの体を駆け上ろうとした。

わたしだけじゃない。

なんと、キットンもノルにしがみついた。

ヘビは、鮮やかな黄色い縞模様で、やっぱり黄色い小さなとんがり帽子をかぶっている。

「ほーら、ジュリエッタ。そんなヘビに負けちゃだめよ。さっさとはしごを昇っちゃいなさい！」

後ろから女の人の苛立った声が聞こえてきた。

「何言ってんだ。ほら、マダラスカル。そんなドラ猫、食っちまえ。伊達に長い体してんじゃないぞ！」

その後ろからは、さらに苛立った男の人の声。

「ほらほら、リロウ、メロウ。仲間割れしてる場合じゃないだろ！」

ドスドスと大きな足音をたて、ディアの屋敷で見たことのあるハッサンという男がやってきた。

いや、違う。

大きな足音をたててきたのは、ハッサンじゃなくって、そのすぐ後ろにいた大きなストーンゴーレム!!

大きさはノルと同じぐらい。なぜか頭に花が一輪咲いていた。

「おい、そこの小僧ども。怪我をしたくなかったら、そこをどいてろ！」

ハッサンはそう言うと、偉そうに歩いてやってきた。

ストーンゴーレムのほうは、床に卵がいっぱいあるもんで、困ったなという感じ。首をひねって、立ちつくしていた。

でもさぁ。

なんか、めちゃくちゃ腹が立ってきた。

わたしたち、これだけ苦労して、罠解除したりモンスターとも戦って、その上謎も解いて、やっとここまで辿りついたというのに。

なんで、この偉そうなおじさんに当然のような顔をして「どいてろ」とか言われなきゃいけないわけ？

ムカッとしたのはわたしだけじゃない。他のみんなも同じ。

「冗談言うなら、もうちっと気の利いたこと言えよな！」

トラップが言い返した。

いつもなら、そんなこと言うなと止めるクレイも、眉間にしわを寄せ、毅然として言った。

「わたしたちは、この指輪の持ち主であるディアさんの依頼で、ここまで来たんです。そっちこそ、邪魔はしないでいただきたい」

一応、年上の人に対する敬意を表し、丁寧な言い方をしているところがクレイらしい。

しかし、さらにあったま来たことに、ハッサンたちは声をそろえて笑いだしたのだ。

それも、すんごく人をバカにした笑い方で。

「きゃーっはっはっは。ねぇ、ハッサン。この坊やたち、いったい何言ってんの？」

黒髪黒目の女が白い喉をのけぞらせて笑った後に言った。

「さあな。どうやら、おれたちと渡り合おうっていうんじゃねぇのか？　ひゃっはっはは」

ごっつい体のハッサンは肩を揺らして笑っている。

「きっきっきっき。ばかか？　こいつら。身の程を知らせてやろうぜ」

ヘビと同じようなとんがり帽子をかぶった、ひょろっと背の高い男は神経質そうに笑うと、長い腕を振り上げ、ヘビを指さした。

「マダラスカル、こいつら、まとめて巻き付いてやれ。ま、しかし、適当に手加減はしてやるんだぞ。殺しちまうのは、さすがにかわいそうだからな」

「きゃっはっは。そうね。まだおチビちゃんもいるんだもん。ほーら、ジュリエッタちゃん、あんたも得意のキックをお見舞いしてやりな。そうそ。あんたも適当に手加減してあげるのよ」

メロウという名の女が言うと同時に、紫猫が後ろ足で、猫キックをしてきた。

「え？　え？　え？」

あまりのことに、避ける暇さえない。

わたしは、もろ顔面に猫キックを受け、ルーミィを抱いたまま尻餅をついてしまった。

クラクラクラ～～～。

「わんデシ？」

シロちゃんが心配そうに駆け寄る。

シロちゃん、なぜ言葉を喋らないの？

あ、そっか。ハッサンたちがいるからね。えらいえらい……なんてことを悠長に考えてる場合じゃないよぉ。

「ばぁーか。何、モタモタしてんだ。ほら、立てよ！」

トラップに助け起こされたけど、さらに猫が襲いかかってくる。

それも、普通の猫の動きなんかじゃないの。壁にキックしておいて、電光石火、今度は床、天井までジャンプして、キック！

すごいスピード。

クレイもロングソードを抜いたはいいけど、どう戦ったらいいのか混乱しているようだ。

そこに、さっきの青い黄色縞へビがシュルシュルッと巻き付いてきた。

「うわぁ！」

クレイの体に巻き付いたヘビはそのまま腕に巻き付き、ギューギューと締め付けだした。

たまらず、ロングソードを取り落としてしまった。

「くっそぉー、おい、これが手加減してるってか？」

真っ赤な顔でクレイがうめく。

「キーッキキキ。マダラスカルが本気出したら、おめえなんざとっくの昔に肋骨バラバラ、

息の根止められてるぜ！」

リロウという男が身をくねらせて笑った。

「くりぇ――！」

「わんデシ！　わわんわんデシ!!」

ルーミィとシロちゃんが叫ぶ。

「ノル！」

わたしが言うと、ノルは大きくうなずいた。

そして、クレイに巻き付いているヘビをつかんだ。

「キキキキ。無駄、無駄。マダラスカルの力をみくびってもらっちゃ困るね。普通の人間がこいつに敵うわけがないんだ」

リロウがまた憎たらしいことを言ったが、ノルはグイグイとヘビをクレイの体から離していった。

すごいすごい!!

しかも、そのシッポのほうにシロちゃんが囓りついたもんだから、ヘビはのたうちまわって苦しんだ。それでも、シロちゃんはがっちり噛みついたまま離さない。

「な、なんだ？」

リロウの青い顔が、さらに青くなった。

「あのねえ！　ノルは普通の人間なんかじゃないの！」

思わず、わたしが得意気にそう言うと、リロウの顔が真顔になった。

「そうかい。そりゃ奇遇だな。おれも普通の人間なんかじゃないんだ」

彼は足を広げて立つと、肩を持ち上げ、代わりに頭を下げた。

なに、なに？

何が始まるっていうの??

シュルシュルシュル……と、音が響く。

でも、さっきの青いヘビはノルが握ってるわけで。だから、別のヘビ……。

なんだ、なんだ？　と、他のみんなもリロウに注目した。

メロウやハッサン、ジュリエッタという紫の猫やストーンゴーレムさえも。

……と、だしぬけに、リロウの長い腕が両方とも、太く長いヘビになった。

しかも、体に埋めていた首もズルズルッと伸びたのである!!

4

「こ、こあああーい!!」

ルーミイがびえーっと泣き出した。

わ、わたしだって、許されるなら泣きたいわよ。

リロウの顔はもう人間っぽくなんかぜんぜんなくって、目は吊り上がり、口は耳まで裂け、鋭い牙を剝き出し、細長い真っ赤な二枚舌をチロチロと出していた。

そのさまは、まるでヘビ!!

ううん、こっちの青いシマヘビのほうが百万倍かわいい。こんな化け物に比べたら。

「おれを怒らせた罰だよ」

真っ赤な舌をひらめかせながら、リロウはそう言い、二本のヘビと化した両腕を振り上げた。

「きゃあああああ――――!　ご、ごめんなさい、ごめんなさぁーい!!」

もう、謝るしかない。

わたしは必死で逃げつつ謝った。

でも、リロウはとんでもない姿のまま「キキキキ……」と笑い、わたしたちを追いかけてきたのである。

「きゃあ、きゃ――!　もう、勘弁してよぉ――!!」

卵を踏まないよう注意しながら逃げ回る。

リロウのほうはそんなことはしない。

卵のことが心配で、ちらっと見たけど、例の透明のカプセルがあるおかげで無事のようだった。

「パステル!!」

クレイがロングソードを持ち直し、わたしの前に立ち、剣先をリロウに向けて構えた。

「しゃらくさい！　そんななまくら刀、おれには効かないんだよ!!」

シュルシュルッと音をさせ、リロウの二本の腕が襲いかかる。

ズバアアアア!!

一刀両断。

ふたつのヘビの頭が空を飛んだ。

クレイのロングソードが、ヘビと化したリロウの両腕を叩き斬ったのである。

「ぎゃああ!!」

思わぬ反撃に、リロウの顔が凍りついた。

でも、でもでも!!

なんてこった。

青い血を滴らせていた二本の腕の断面から、すぐに新しいヘビの頭が生えてきたじゃない!?

もう、やだぁぁぁ!!

「ほら、だから言わんこっちゃねーんだ。おとなしくそこをどいてりゃいいものを……。おい、42号、いっちょあいつらを投げ飛ばしてやれ」

ハッサンは、ストーンゴーレムを連れてドスドスと大きな音をたてながら、はしごのほうへとゆっくり歩いてこようとした。

メロウのほうは、自分の出る幕でもないだろうという顔。猫のジュリエッタを抱いて、くっくっくと肩を震わせて笑っていた。

「ねぇ、キットン！　何か弱点とか、そういうの調べられないの!?」

わたしが聞くと、キットンはしきりに首をひねった。

「さあ。最初は、ただの召還師だろうと思ってましたからねぇ。それより、わたしが不思議なのは、ヘビが元気なことです。普通は寒さに弱いはずなんですが……」

それを聞いて、リロウが「キッキッキ！」と大笑いした。

「おれたちを普通のヘビだと勘違いしてもらっちゃ困るね。なぁ、弟」

「弟!?」

「弟ですって!?」

わたしたちが口をそろえて言ったもんだから、リロウは少しひるんだ。

「な、なんだ。何がおかしい？」

「い、いや、おかしくはないですが……あ、そうか、そうだったのか!!」

と、いきなりキットンが大声を出したもんで、またまたリロウはビクンと体を震わせた。

「な、な、なんだ！　脅かすな!!」

「いや、あなたがたは、召還師なんかじゃないですね？　たぶん、あなたはヘビに似た魔族で、その猫を操っている女性も、実は猫に似た魔族だったりするんじゃないですか？　ま、冒険者にはいろいろな種族の人たちがいますが、魔族の冒険者もいたんですねぇ！」

すると、女の人はギクッと目を剝いた。

心なしか、その目が光ったように思えた。

「ほら、ほらほら!!」

そう言うと、トラップが懐からロープを出して、上下左右に素早く振ってみせた。

すると、その女性と紫猫が同時に、ニャン！　と跳ね、そのロープに飛びついた。

「へっへっへー。本性見せたな！」

ピョンとジャンプしたトラップは、ロープを懐に戻した。

「くっ……！」

色が変わるほど、強く唇を嚙みしめたメロウ。

目がキラリと光ったかと思うと、今度はみるみる瞳の形が変形していき、縦に細長くなった。

5

もう完璧に猫の目だ。

黒髪から尖った耳がニョキッと立ち、その耳元まで裂けた口は血を含んだばかりのように真っ赤。

鋭い牙を剝き出し、「フウウウウ――!!」と、トラップを威嚇した。

肩を怒らせ、指を節くれ立った老木の枝のようにいびつに折り曲げ、「ハッ!!」「ハウ!」と、かけ声とともにその真っ赤な爪で引っ掻こうとした。

「おお――っと、あぶねえ、あぶねえ!」

トラップは身軽に避けた。

しかし、その避けた場所に、今度はファイアーボールが炸裂した!

「あっちゃ、あっちぃー!! な、何しやがんでえ!」

ひーひー言いながら、服に引火した火をパタパタ消している。

幸い、すぐに消えたからいいけれど、メロウはケラケラと笑いながら、玉をつかんでるよ

うに手を曲げ、肩の上に腕を振り上げた。

手の中に、小さな火の塊が生まれ、みるみる大きくなっていく。

ファイアーボールだ!!

「うわあ!」

「逃げろ!」

「きゃあああ!」

わたしたちはあわてて逃げまくった。

でもね、ありがたいことにメロウのファイアーボールはなかなか命中しなかったんだ。

だから、あっちこっちの壁に炸裂しては、火の粉をまき散らすだけ。

「ったく。相変わらずだな、そのノーコンぶりは」

ハッサンが言うと、メロウはさらにヒートアップした。

長い黒髪を振り乱し、ファイアーボールを出しては投げ続けた。

だんだんわたしたちも疲れてきて、足が重くなってくる。

それに部屋が熱くなってきたんじゃないの?

部屋が熱くなってきたことも手伝って、汗だくで逃げ回るんだけど、足がもつれて倒れてしまった。

「わんデシ!!」

シロちゃんがすぐ駆けつけてくれた。

ハアハア……。

荒い息をつきながら、思った。

やっぱ逃げてるだけでは、どうしようもないんじゃ……??

かといって、彼らを相手に戦って分があるとは、とても思えない。たぶん、レベルで言うと、5以上差がある。やっぱ無理だよ、この人たち相手に勝つなんてこと。

「クレイ……!?」

手をさしのべてくれたクレイに声をかけると、彼も同じことを考えていたらしく、悔しそうにうなずいた。

「しかたない。ここは、退却するしかないか……」

しかし、それを聞いて怒りだしたのはトラップだ。

「おい、冗談じゃねえぞ。なんのために、ここまで苦労してきたんだよ。目の前に、お宝が待ってるんだぞ!? 勇気ある撤退だ? あのな。聞くけど、おれたち、そればっかじゃねえか。勇気ある撤退ばっかだぜ。たまには、勇気ある前進ってのもやってみようぜ」

クレイは黙ったままトラップを睨み返した。

トラップは言った。

「おれはイヤだからな。逃げるんなら、おめえらだけで逃げろ。おれは最後まで戦う！」

……………ため息。

なんか、この人、この場では、んなかっこいいこと言っちゃってるけど。

いつもと違うんじゃないの？

ついこの前も、臨機応変、引き下がるのも立派な兵法だぁーなんて言ってたくせに。

要するに、お宝を前に引き下がるのはイヤだっていうだけなんだ。

すると、クレイはため息をついた。

そりゃそうよね。だからといって、トラップだけ残して逃げるわけにはいかないじゃないの。

クレイは眉間にしわを寄せたまま、ハッサンに呼びかけた。

「わかりました。おれたち、あきらめますよ。若干一名、イヤがってますが、こいつは責任持って連れて帰ります。その代わり、指輪は返してくれませんか」

トラップは、（なんだと？）というふうに、口をパクパクさせた。

ハッサンはニヤッと笑って言った。

「いいだろう。しかし、今はダメだ。宝を手に入れたら、後はもうあんな指輪なんざ用なし

だからな。あの娘っこのところまで届けてやろうじゃないか」

「今、っていうわけにはいきませんか？」

クレイが聞くと、ハッサンはギロリと目を光らせた。

「ダメだな。それが聞けねえんなら、この話はなしだ」

「そうですか。わかりました。では、あなたを信用しましょう。おい、こら行くぞ！」

「お、おめぇ、こんな奴の言うことを信じるわけ？　あのな。そういうのはお人好しとは言わねえ。そういうのはな。『バカ』って言うんだ！」

トラップは信じられないという顔でクレイに食ってかかったが、問答無用。クレイはトラップの腕をつかみ、無言のまま部屋を出ていこうとした。

「ちょ、ちょっと。離せよ！　おい、こら!!」

暴れるトラップを力でねじ伏せるクレイ。

「ばかやろ。離せって言ってんのがわからねえのかよ!!」

「ちょ、ちょっと、何こんなとこで喧嘩始めてんのよ！　信じらんない！」

このふたり、しょっちゅうこういう小競り合いをしてるから、どこまで本気なのかわかんないけど。それにしたって、喧嘩してる場合じゃないでしょ！

ふたりがもみ合いを始めたのを見て、ハッサンたちはまた大笑いを始めた。

「おやおや、今度はガキの喧嘩かい？　ったく。とっとと家に帰って、おしめでもあててもらいな。冒険者が聞いてあきれる」

きぃ————！　もう。

どうして、こういちいち腹立つようなことばかり言うかねー。

わたしがキッと睨んだ時だった。

入口の付近がまたにわかに騒がしくなり、なんだなんだと見ているうちに、その騒がしい音の正体がわかった。

視覚より、先に臭覚でわかった。

あのチーズの腐ったような臭いがたちまち充満する。

特徴のある黄色い飛び出した目、大きな口から見える恐ろしいらんぐいの歯、どぎついピンク色のたてがみ……。

下の部屋に閉じこめておいたゴンゴルゾーラたちだけではない。数えきれないぐらいの……おそらく地下に眠っていたゴンゴルゾーラがみんな大挙してやってきたのだった。

ダンジョンは大騒ぎ

1

もう、この後のことを本当は書きたくないくらい。

大変だったんだから。

想像してみてほしい。

広めだとはいえ、円形の部屋にボコボコとたくさんのモンゲーナの卵が置かれていて。

そこに、わたしたち六人と一匹。それから、リロウとその弟ヘビ、メロウと猫、そしてハッサンとストーンゴーレム（そういえば、もしかしたらメロウと猫も姉妹関係で、ハッサンとストーンゴーレムも兄弟関係なのかもしれない）。この九人と四匹が入り乱れて、戦っている……というか一部逃げているというか、その最中に、ゴンゴルゾーラたちが続々と詰めかけてきてしまったのよ。

もう、ハチャメチャ。

ただ、ゴンゴルゾーラたちは火に弱かったから、メロウの当たらないファイアーボールが

役に立った。

　わたしたちには当たらなくても、その流れ弾がゴンゴルゾーラにバシバシ当たったからね。

「相手にしてられん！」

　ハッサンはそう言うと、ひとりでさっさとはしごを昇ろうとした。

　でも、そこをトラップは見逃さなかった。

「させるか!!」

　バシッと派手な音がして、ハッサンの手の甲にパチンコの弾が命中。

「うげっ!!」

　ドーンと音をたててはしごの下に尻餅をついてしまった。

「このクソ生意気なガキめ。もう勘弁ならんぞ！　42号、行け!!」

　主人に命令され、42号という名前のストーンゴーレムがドカドカと足音を響かせながら、しかも卵を踏まないように注意しながら、トラップのほうへ走ってきた。

　もちろん、そんな緩慢な動きで捕まえられるトラップなんかじゃない。

　ただ、逃げようにも、逃げ場がない。

　何しろ、ヘビはいるわ、猫はいるわ、ゴンゴルゾーラたちはいるわ……。

「だぁあ、おめえら、邪魔だ邪魔だ、どけどけ！」

と、言われたってどくはずもない。

シュルシュルシュルシュルッ!!

部屋があったかくなったせいか、さらに動きがよくなった青いヘビがトラップに躍りかかる。

すんでで避けたところには、メロウのファイアーボール。

さらに避けようと右を見ればゴンゴルゾーラ。左を見ても、ゴンゴルゾーラ。

「だあああああ!!」

トラップは赤い髪の毛をぼりぼりとかきむしった。

その隣で、やっぱり髪をかきむしっているのはキットン。

ノルの後ろに隠れて、クワでゴンゴルゾーラやヘビたちを威嚇しているんだけど、役に立ってないみたい。

ノルは襲いかかってくるゴンゴルゾーラと斧で戦っていた。

クレイは、主にリロウを相手に戦っていた。

腕を切り落とされたのがよっぽどショックだったんだろうね。リロウは、新しく生えてきたヘビの頭でさかんに、クレイに噛みつこうとした。

そこを、ロングソードで斬りつける。

でも、いくら斬り落としても、すぐまた生えてくるんだから始末に負えない。

ルーミイもたどたどしく呪文を言って、ファイアーやコールドでゴンゴルゾーラたちと戦っていたし、シロちゃんも懸命に噛みついていた。ハッサンたちの手前、熱いのデシとか吹けないもんね。

わたし？

わたしは、クロスボウをショートソードに持ち替え、ルーミイやシロちゃんを援護していた。

でも、そんな状態がいくらも続くはずもない。

疲労もはなはだしく、みんなよれよれ。

ルーミイが「ルーミイ、おなかぺっこぺこだおう」と、倒れそうになった。すかさず、シロちゃんがクッションになってくれたけど、もう無理だよ、限界だよ。

見れば、ノルの右足には、青いヘビがからみつき、左足にゴンゴルゾーラが齧りついているし。

撤退しようにも、その道を絶たれている状態。

このまま、ここでのたれ死ぬわけ？

すっかり熱くなった部屋の中で、わたしは気が遠くなってしまった。

ううん、比喩とかじゃないよ。

本当に、すーっと意識が遠ざかっていったのだ。

2

普通なら、そのままバタンとか、ドスンとか、ドタッとか。

床に後ろ頭を直撃するところなんだけど、なぜかふんわりと受け止められた。

誰かに……。

トラップ？　クレイ？　ノル？

ううん、違う違う。

そうじゃない。

もし、そうならあんな大声はあげなかっただろう。

そう。

わたしは、すぐに目を覚まし、目の前にある端正な顔を見て、思わず大声をあげてしまった。

見事な長い金髪をなびかせ、明るい茶色のアーマーから、白く高い襟をのぞかせた、その人は、心配そうにわたしの顔をのぞきこんでいた。

「だいじょうぶ？　あなた、武器屋で会った人でしょ？」

「あ、はいはい。だ、だいじょうぶです！」

あわてて起きあがる。

たしかフランシィという名前だった彼女は、よかったという顔で微笑んだ。

「で、でも、どうしてここに？」

わたしが質問すると、彼女は「ちょっと待ってて」と、片目をつぶった。

わわわわ、かっこいー！

おおおお、しかも、彼女だけじゃないのよ。

あの食堂で見かけた、ぶっきらぼうな感じの女性もいたし、他にもふたり。全員見事な金髪で、スラッと背が高く、足も長くてかっこいい女性ばかりだった。

「おや？　あんたら、なんでここにいるんだよ」

トラップが声をかけると、例のぶっきらぼうな態度だった女性の眉がピクリと上に上がった。

そして、トラップの質問には答えず、ハッサンに向けて指を突き付けた。

「ハッサン。いい加減に観念しなさい」

この人、ルビィって名前の人だ。たしか盗賊の技能を持ったレンジャー。

するとハッサンが怒鳴った。

「またおまえらか。ふん、呼んでもいないのに出しゃばりやがって。用はないよ。とっとと帰んな！」

すると、隣にいた金髪でソバージュの女性もハッサンに向かって言った。

「あんたに用はなくっても、こっちには用があるんでね。というか、あんたたちの首にかかった懸賞金に用があるって言ったほうがいいかな」

ハッサンはニヤニヤと笑った。

「女だてらに、賞金稼ぎかい。へへ、おてんばなこった」

今度は、ひときわ美しい女性がすっと音もなく前に歩み出た。

「冒険者でもないくせに、偽の冒険者カードを使って、好き放題やったらしいですわね。冒険者ギルドに数え切れないほど苦情が来ているそうですよ」

彼女の横に、さっきのソバージュのお姉さんが並び立ち、手に持った銀色に輝くロッドを突き出した。

「メロディ、こいつに何言っても無駄だ。そら、これでも食らえ!!」

そう言った途端、ロッドから、すさまじい勢いで炎が噴き出し、ハッサンを直撃した。

またまた部屋の温度が上昇。こっちの髪の毛まで焦げてしまいそうなくらい、すさまじい

炎だった。

ハッサンは、あっという間に火だるまになった。

さすがにまずいんじゃないの？

死んじゃうよ。

と、人が心配してあげてるのに、炎に包まれたハッサンは、なんと燃えながらゲラゲラと笑い始めたのである。

派手に炎上したわりには、すぐ弱まった。燃やせるものは、全て燃やしたということか。

ハッサンは、バサバサと自分の体を叩き始めた。

燃え尽きた鎧や服のなれの果てだろう。黒こげの破片が、火の粉を撒き散らしながら、床にゆっくり落ちていく。

そのようすからして、普通の人間ならとっくの昔に真っ黒焦げになっちゃって、ボロボロっと崩れ落ちてもおかしくないくらいだった。

なのに、ハッサンは赤く充血した白目を剥き、白い歯を剥き出して笑い続けた。

しばらくして、額がググッと前に突き出た。

次いで、頬骨がボコッと音をたてて飛び出した。

……いや、骨じゃない。

それは、石だった。

顔の表面の皮膚が黒く焦げ、剝がれ落ち、その下から石が出てきたのだ。

顔だけじゃない。

胸も、腕も、足も……。

すべてが、モリモリと隆起し、隣の42号と呼ばれたストーンゴーレムをさらに大きくしたような姿に変身していったのである。

「ついに正体を現したな」

と、ファイアー使いのお姉さんが言った。

でも、その彼女の前に、ひらりとフランシイが立った。

「こいつは、わたしが相手をするわ。キャシイ、あなたは、あっちのヘビとヘビもどきをお願い！　ああ、でも、焼き殺しちゃだめよ。生け捕りにしなきゃ、懸賞金が減ってしまうから。ルビィは猫と猫もどきを。メロディ、あなたは援護をお願いね」

「了解！」

「オッケー！」

「わかりましたわ！」

四人の女戦士たちは、各自、決められた分担に従って、テキパキと戦い始めた。

あうんの呼吸というのか、一糸乱れず、素晴らしいチームワーク。

身軽なレンジャーらしく、四人は軽々と、目にも止まらぬ跳躍を繰り返し、ハッサンたちを翻弄した。

わたしはというと、流れる汗をぬぐうのも忘れ、呆然と見ていた。

「ふわぁー、しゅごー!!」

「わんデシ!」

ルーミィやシロちゃんも、目をまんまるにしていた。

ああ、もちろん、クレイやノルたちはちゃんと加勢して、戦い始めたけどね。

ゴンゴルゾーラも二匹くらい残ってたし。

3

そして、ものの三十分。

ヘビとリロウ、猫とメロウ、ストーンゴーレムとハッサン、全てがっちりと手錠をかけられてしまった。

もちろん、ヘビと猫は違うよ。この二匹は、別々の袋に詰められてしまった。

ゴンゴルゾーラも全部倒された。

圧巻!!

まず、ヘビとヘビ男のリロウは、攻撃呪文を操るキャシィの放った電撃呪文で、全身が麻痺。さて、これから反撃するぞというポーズを取ったまま、あえなく床にボトボトと落ちていった。

息の根は止められていないけれど、あわあわとわけのわからない言葉を繰り返した。

猫と猫女のメロウは、ルビィとメロディの連続足蹴り技の前に倒れた。

これがもうね。ほんとにすごかった。

猫よりも身軽だっていうのは、どうにも信じられないんだけど。長身のふたりが、「ハア!」「ハイ!」「ハア!」「ハイ!」と、短くかけ声をかけながら、鋭い蹴りを繰り出していくさまは、まるで新しい舞踏のようでもあった。

メロウも必死にファイアーボールを投げつけたんだけどね。ルビィたちは、全く動揺を見せずに、余裕で避け、またフッと元の位置に姿勢を戻した。

しかし、なんといってもすごかったのは、ストーンゴーレムと石男のハッサン対フランシイ。

クロスボウは効かないことがわかっていたからか、背中に担いだまま。

まず、ストーンゴーレムのほうに攻撃をしかけていった。

小細工なしの真っ向勝負。

あの細い体のどこに、あんなパワーがあったのかと思わせる豪快な投げが決まった。

でも、おおおお！　と、みんながどよめいた時、後ろからハッサンがフランシィを羽交い締めにした。

あわや！　という時、わがパーティの力自慢、ノルが登場。

ハッサンの後ろに回りこんで、彼の足にタックル！

思わぬところからの攻撃に、ハッサンがフランシィ共々ドォッと倒れた。……が、フランシィだけは、するっと脱出。軽いフットワークで立ち上がった。

立ち上がろうとするハッサンを今度はノルとフランシィふたりで、ドロップキック。

やるやる！

さすがにリーダー格のハッサンは、最後まで抵抗を続けていたけれど、結局は後ろ手に手錠をかけられてしまったというわけだ。

「ご協力、感謝します。助かりました」

フランシィは、ノルに頭を下げた。

ノルは、顔を真っ赤にして、ブンブンと首を振った。

……と、ここまではよかったんだけどね。

この後、とんでもないことが起きたのだ。

4

ピキッ。

パキッ。

パチッ。

ソーダ水が弾(はじ)けるような、かすかな音があっちこっちからし始めた。

「え？　なに、なに？」

わたしたちは、キョロキョロしながら音のする場所を探(さが)した。

「こえ、この卵さんだお！」

地面に近いルーミィが最初に発見した。

「わんデシ、わんデシ。わんわんデシ!!」

同じく、地面に近いシロちゃんも見つけたらしい。

「え？　卵??」

見ると、おおお、たしかに。

POKE

透明のカプセルの中で、モンゲーナの卵がモコモコと動き始めていたのだ。

しかも、あっちこっち、ピシッとかピキッ、パチッと音をたてながらヒビが入っている。

「うっそー！　まさか孵化しようとしてるの？」

わたしが言うと、トラップが皮肉っぽく答えた。

「うそでもまさかでもねえよ。孵化以外に考えられねえだろ」

そして、

「おおお、ほら、見ろよ。こいつ、モンゲーナの赤ちゃんだぜ。ちっちぇぇー！」

と、指さした。

一番最初に孵化したのは、彼の目の前の卵だったのだ。

「よしよし。このカプセルが邪魔なんだよな？　きっと」

彼はそう言うと、卵を覆っていた透明のカプセルを取ってやった。

すると、ちょうど手のひらに乗るほどの大きさのモンゲーナが、「もん、もん？」と、第一声をあげた。

そして、ピョンと卵の中から、飛び出すと、トラップの足にピトッとくっついてしまった。

「お、おいおい。なんだ、こいつ！」

赤ちゃんの首のところをつまみあげ、トラップは自分の鼻先でブラブラさせた。

「ちょ、ちょっと。落ちちゃったら大変でしょ？　丁寧に扱ってあげなきゃ」

わたしが言うか言わないか。

「あ、あわわ！」

急にジタバタしたモンゲーナの赤ちゃんは、トラップの指から離れ、落下してしまった。

「ああ、もう。言わんこっちゃない!!」

「わんデシ！」

シロちゃんも走り寄った。

でも、モンゲーナの赤ちゃんは、薄くて小さな羽根を一所懸命に広げ、ふんわりとフランシィの手の上に着地成功。

「お、おっと……」

フランシィはびっくりして、赤ちゃんをそっと抱いた。

「しゅごい、しゅごいおう!!　赤ちゃん、きゃーわい!!」

ルーミィがピョンピョン跳ねて喜んだ。

その彼女の前の卵からも、ピョコッとモンゲーナの赤ちゃんが顔を出した。

ううん、その隣も、その隣も……。

ポコ、ポコ、ポコポコポコ……。

すると、それまで妙に静かだったキットンが急に大声を出した。

「そうか！　そうだったのかあ!!」

あまりの大声に、フランシィたち四人はびっくり。

「こいつの癖なんで、気にしないでください」

クレイが言うと、彼に向かってキットンが言った。

「クレイ、この部屋はさっきまで氷室のように寒かったですよね？」

「あ、ああ。そうだね。今はサウナのように熱いけど」

「そう。そうです。メロウのファイアーボールや、そこの女性の……」と、キャシイを見た。

「ファイアーのおかげで、この部屋はすっかり熱くなってしまった。それで、卵が孵化してしまったんでしょう。それに、このゴンゴルゾーラたち。奴らも、同じです。奴らは、寒さに弱い。だからこそ、パステルたちが落ちた穴の下にあった、奴らの巣にいたのは全部冬眠状態にあった。きっとちょうどこの下辺りなんでしょうね。しかし、こうして、暖かくなったので、この部屋にやってきたというわけです」

「そうだな。それは、おれでもわかるけど。でも、このモンゲーナの赤ちゃんたち、孵化しちゃっていいのか？」

クレイが聞くと、キットンは短い腕で腕組みをして言った。

「そうですねぇ……、あ、ああ！　そういえば、モンゲーナの大人がいっぱいいた部屋があったでしょう？　あそこまで運んでみてはどうです？　彼らはとても健康そうに見えましたからね。きっと世話をしてくれるでしょう」

「そっか。それがいいな」

「おい、話は終わったか？」

トラップはそう言うと、もうはしごに片足を乗っけていた。

「とにかく、おれ、ちょっくら見てくる。どんなお宝があるのか……。へへ、お宝ちゅわん、お待たせっ！」

「無茶すんじゃないぞ」

「へへ、了解了解」

全く信用ならない言い方だったけど、彼は返事をするより前に、もうはしごを昇っていってしまった。

で、はしごが途中で消えているって言ったでしょ？

そこまで行ったらどうなるのかなと思っていたら、トラップの上半身も消えてしまった。

「トラップ!!」

思わず、叫ぶと、ヒョイと顔を見せた。

「なんだ？」

「い、いや……だ、だって、あなた消えてるんだもん」

「はあぁ??」

トラップ自身はわからないみたい。

「で、どうなってるんだ？　上は」

クレイに聞かれ、トラップの声だけが返ってきた。

「なんかスイッチみてえなボタンがあるぜ」

「ボタン!?」

「ああ、それだけだ」

「まさか、それを押すとダンジョンが崩壊するとか、そういうんじゃないでしょうね？」

わたしがつぶやくと、キットンが真顔で答えた。

「いえ、大いにあり得ますよ。こういう神殿には、神聖なものを冒すものを罰する罠が多く仕掛けられているものです」

「そ、そんなぁ……どうすんのよ？」

我々がこんな話をしている最中、トラップの陽気な声が聞こえてきた。

「へん、こうなりゃ死なばもろとも。ささ、お宝ちゃん、かもーん！」

「え？　え？　え？」

「ほれ、ポチッとな……」

「え？　えええ——————!?」

そうなのだ。

彼はなんの相談もなく、その謎のボタンをポチッと押してしまったのである。

5

するとね。

幸いダンジョンの崩壊は始まらず、その代わりにさっきの彫像の肩に、とてもよくできたモンゲーナの像が現れたのである。

しかも、ただの像じゃない。

半透明の深い緑色をした石……たぶん、翡翠でできた、素晴らしい芸術品だった。

「おおお、これか!?　これがお宝か!?」

トラップははしごから降りるなり、モンゲーナの像に飛びついた。

飛びついたといっても、手で直接触ることはせず、

「ふむふむ、ふむ……」

と、子細に点検し始めた。

そして、鑑定が終了した後、トラップは言った。

「こりゃ、たいしたもんだぜ。こんなにきれいな翡翠、見たことねぇぜ。しかも、目の部分にはめこまれているのは、きっとエメラルドだな。この大きさを見ろよ。これだけでも、気が遠くなるような価値があるぜ」

「たしかにそうね。これほどの細工も見たことないわ。価値がありすぎて、値がつかないかもしれない」

ルビィも同じようにモンゲーナの像を見て、言った。

「ねえ、じゃ、この像を持って帰れば、ディアの家の借金、全部返せるね?」

わたしが聞くと、トラップは笑い出した。

「ぶわぁーか。借金どころか、あそこに宮殿がおったつぜ」

「よかったぁ! だったら、知らない人と結婚することもないもんね!」

あの大切なお父さんの日記を破ってしまった、その償いができそう。

わたしは、心の底からうれしくなってしまった。

……でも。

キットンが、急に反対をし始めたのである。

「果たして、この像を持ち帰ったりしていいんですかねぇ?」

彼にしては、低い声。

「え??」

と、わたしが聞き返した時、キットンは顔を上げた。

「この神殿は、何かを奉るために造られたものでしょう。もう滅びた種族の王の墓だったのかもしれない。で、彼が復活する時に、あるいは、何かの儀式をする時に必要だったのが、この部屋なんだと思います。だからこそ、ここまで凝った仕掛けを造ったわけで……。その神聖なものを持ち帰って、売っ払ってしまって。本当にいいんですかね?」

「うっ。ぐぐ……」

そう言われると、なんだかまずいような気もしてきた。

「ば、ばぁーか。あのな。いいんだよ! ちゃんと丁重に扱えばさ。そりゃ、粗末に扱っちゃ罰があたるかもしれねぇけど。ま、罰あたるの怖くって、盗賊なんかしてらんねぇーけどな。なぁ、姉ちゃんもそう思うだろ?」

と、トラップはルビィに言ったが、彼女は神妙な顔で何も答えなかった。

「たしかに……。この彫像の肩にあるのを無理に取っていくのは、悪い気がするな」

クレイもそう言いだした。

「ふん。じゃあ、わかった。この床ごと壊して持ち出すっていうんで、どうだ？」

苦し紛れに、トラップが言ったが、

「トラップ。彼らの、この視線を浴びても、なおそんなことができますか？」

と、キットンに言われ、ぐっと喉を詰まらせた。

わたしたちも、そう言われてみて初めて気がついた。

だってだって。

なんと、生まれたばかりのたくさんのモンゲーナの赤ちゃんたち、全員がわたしたちを見上げ、そのうるうるとした瞳で、何かを懸命に訴えかけてきていたのだ。

「ヤメテクダチャイ……」

「コレハ、ボクタチノ、カミチャマ……」

「モッテイッチャダメ……」

「カミチャマ、タイチエツ……」

急に、そんな言葉が頭のなかに入りこんできた。

「え？　ええ⁉　この子たち、人間の言葉が喋れるの⁉」

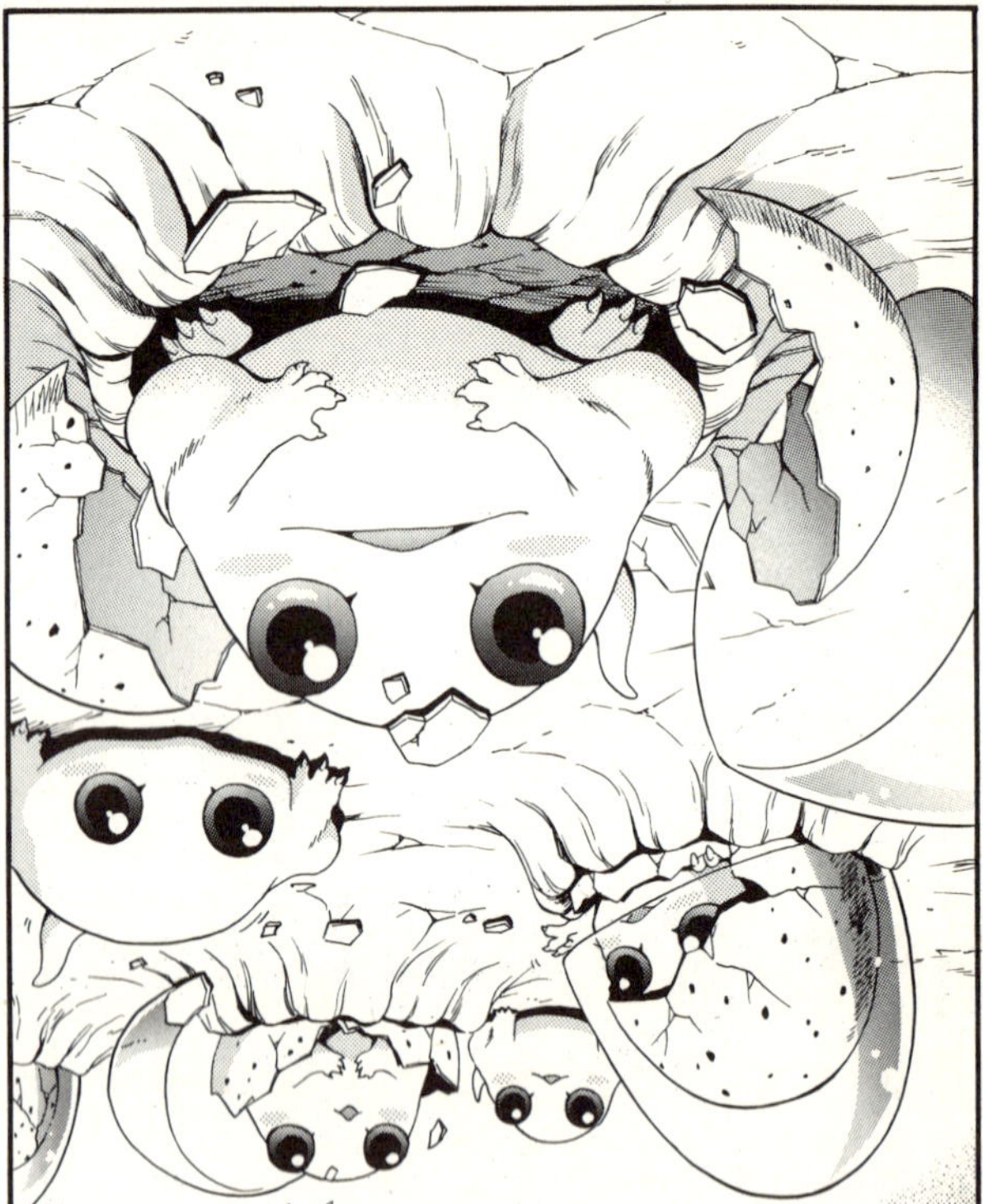

わたしは混乱したまま聞いたが、キットンはブルブルと体を震わせているだけで、何も答えてくれなかった。

「喋ったんじゃねえの？　おれも聞こえたぜ」

と、トラップ。

「ああ、おれも」

ノルも言った。

「わたしにも聞こえました」

「うん、わたしにも聞こえたよ」

フランシィたちもみんな口をそろえて言った。

と、突然、キットンがまたまた叫びだした。

「ち、違います!!　すごい！　すごすぎる!!　そうか。そうだったのかぁ――――!!」

彼は両手をぎゅーっと握りしめ、その場をぐるぐると回りだした。

「この神殿は、モンゲーナをご神体にしたもので、すでに滅んだ種族が造ったものだとばかり思ってましたが、そうじゃなかったんですよ！　このことは、わたしも知りませんでしたし、図鑑にも記載されていないんですが、モンゲーナには人にメッセージを伝える能力があったんです。いわゆるテレパシーですね。ああ、早く帰って、このことをモンスターポケッ

トミニ図鑑編纂委員会に報告しなくっちゃ」

「だとすると？」

　わたしが聞くと、彼はピタッと回るのをやめた。

「そうです。この神殿は、モンゲーナの神殿だったんです。たぶん、モンゲーナと大変親交の深かった種族がいて、彼らが手伝って、この神殿を造り上げたんでしょうね。おそらく、この彫像がその種族なんでしょう」

「ゴンゴルゾーラの巣の上に？」

「いや、というより、ゴンゴルゾーラたちが知らずに、モンゲーナの神殿の下に巣を作ってしまったといったほうがいいでしょう」

「そっかあ……。でもさ。じゃあ、この卵……孵化させちゃって、まずかったんじゃないの？　何か意味があって、ここに置いてあったわけでしょ？　しかも、寒くして冬眠状態にしておいて」

「そうですね……たしかに、それはそうなんですが」

　キットンが言いよどむと、クレイが言った。

「こうなってしまったのを元に戻すことはできないけど、このモンゲーナ像だけはそのままにしておこうよ。それから、赤ちゃんたちをみんな下の部屋へ運ぼう。それが今のおれたち

にできる最善の策だ。ディアには悪いけど……」

するとと、トラップがあぐらをかいて座りこんだ。

「ちぇ！　どうせこんなことになるとは思ってたぜ。あーあ、ったく……。なんのために、んな苦労したんだか。お人好し過ぎるぜ！」

でも、そのトラップの周りには、モンゲーナの赤ちゃんがいっぱいいて。

「モンモン」

「モン、モモン」

と、うれしそうにトラップの膝の上とかに這い上がってきたりして。

「だあ！　触るな、っつうの!!　ほら、よだれつけんな！」

そう言うトラップの声に、思わずみんな大笑いしてしまった。

新しい出発

1

「そうだったんだぁー……。そんなすごい秘密が隠されてたなんて。お父様、ぜーんぜん知らないで死んじゃったんだ。教えてあげたかったな！」

ディアは、わたしたちの話を聞いて、すぐにこう言った。

「で？　そのモンゲーナの赤ちゃんたちは？」

「みんな大人のモンゲーナたちのいっぱいいる部屋へ連れていってあげたの。すぐに大人のモンゲーナたちが飛んできて、赤ちゃんたちの世話をし始めたから、たぶんだいじょうぶだと思う。それにね……」

「え？　なになに？」

「例の部屋にあった卵のことだけどね。あそこにあったのを全部孵化させちゃって、ごめんねって、大人のモンゲーナたちに言ってみたんだけど。モンゲーナたち、わたしたちの言葉がわかったみたいで、話してくれたのよ」

そうなのだ。

彼らは、テレパシーでわたしたちに説明してくれた。

なんでも、あの部屋は、十年に一度くらいあるモンゲーナの誕生の儀式の部屋なんだって。

その時だけ、あの部屋が暖かくなって、卵が次々に孵化するわけ。

神の子どもが生まれるという言い伝えによって、ずっと続けられている儀式なんだそうで。

その子どもたちは、特別の能力を授かることができるんだって。

そう、つまり超能力だよね。

で、彼らに友好的な種族の力を借りて、あの神殿を維持してたんだけど。

でも、知らないうちに地下にゴンゴルゾーラたちが巣を作ってしまった。

そして、モンゲーナと親しかった種族を皆殺しにしてしまったんだって。モンゲーナたちもゴンゴルゾーラから逃げるために、ひとつの部屋に閉じこもって、ビクビクと暮らしていたんだとか。

でも、今回のことで、ゴンゴルゾーラたちもほとんど一掃できたし、卵は、また産めばいいから気にしないでくれということだった。

「それは、よかったね！　あたしも見たかったなぁー！　モンゲーナの赤ちゃん！」

「うん。すっごくかわいかったよ」

なんて話している場所は、もちろん、ディアのお屋敷。

小間使いのケイトも大喜びで迎えてくれた。

ふたりとも、すっごく心配していたんだって。

帰りついたのはその日の夜遅く。

結局、わたしたちはダンジョンの中に半日ほどいたことになる。

たったの半日だなんてね。

わたしたちには、もっともっと長くに感じられた。

ディアの屋敷のリビングで、例によって全員床に座って、一通り事情を説明していた。

「で？　あのハッサンって男たちのことは？　そのレンジャーの人たちが連れていっちゃったわけ？」

ディアは全てのことに興味津々という顔で、わたしに聞いた。

わたしは、大きくうなずいた。

「そうなの！　ハッサンたちってね。結局、冒険者でもなんでもなくって、偽の冒険者カードで、いろんな悪さをするごろつきみたいな連中だったんだって」

「お父様、彼らにだまされちゃったのね……。お父様は、彼らが冒険者だって信じてたもん。

一時、パーティを組んでたんだって、うれしそうに話してたもん……」

ディアの顔が一瞬暗くなった。

それを見て、トラップが彼女の肩にポンと手を置いた。

「ま、知らずに死んじまったんだろ？　なら、それはそれでよかったじゃん。たしかに、冒険してる時はだまされて損したかもしんねぇけど、結局、こうして商人としての才能を発揮したんだからさあ」

「そうだな。それは、そうかもしれない。……あ、ところで、ディアさん。おれたち、実はとても高価な宝物を発見したんですよ」

クレイが言うと、ディアの顔がパッと輝いた。

「ほ、ほんとにぃー!?」

「う、うん。発見したんだけどね……」

わたしが言いよどむと、ディアは事情をなんとなく察してくれた。

「いいよ。なんでも言って！　だって、あたしは指輪さえあれば、それでいいんだもん」

「い、いや……それが、指輪も……ないの」

そうなのよ。

あの指輪も置いていくことにしたのだ。

結局、指輪がどうして、あの遺跡から外に持ち出されたのか、それは最後まで謎だった。

以前、偶然ダンジョンに入ることができた冒険者が持ち出したのか、あるいは、モンゲーナと親しかった種族のひとりが持ち出したのか……。

でも、あの指輪をまた外に出してしまうと、モンゲーナの神殿が荒らされてしまうことになりかねない。

また、指輪をディアが持っているのも物騒だ。この指輪を狙って、ハッサンみたいな連中がやってくることだって大いに考えられるからね。

だから、いろいろと考えたあげく、ディアには申し訳なかったけど、指輪もそのまま置いておくことにした。入口もふさいでおいた。

これで、未来永劫、モンゲーナたちの神聖な場所は守られることだろうし、ディアも安全だ。

「その翡翠の像を売りゃ、この家の借金なんざ、きれいさっぱり返せたのにな。こいつら、とことんお人好しでさ。モンゲーナの聖なる神様なんだから、そのままにして置いていこうだと！　悪かったな。恨むんなら、こいつら恨みな。おれは、違うぜ。おれは持っていこうって主張したんだからさ」

そう言うトラップに、ディアは笑って言った。

「ううん、あたしも、……それから、あたしのお父様だって、同じことをしたと思うよ。あたしたち、親子そろって、パステルたちに負けないくらいお人好しだもん！　へへへ」

それには、トラップも何も言えんって顔。

「でも……さ。ディア、お嫁に行かなくちゃいけないんでしょ？　それは変わらないのよ。それに、指輪までなくなっちゃって。大事な日記帳も破っちゃったし。わたし、どう謝っていいか……」

なんという敗北感だろう。

しかたないことはわかっていても、すまない気持ちで胸がいっぱいになった。

こんなに若いのに、意にそわない人と結婚しなきゃいけないディア。

なんてかわいそうなんだろう！

2

翌朝。

これ以上はないっていうくらい、晴れ渡った空が湖面に映っていた。

窓を開け、大きく深呼吸。

「ふわあ……？」

まだ寝ぼけ眼のルーミイが、シロちゃんを抱っこしたまま、ごろごろんと転がっていった。

もう少し寝かしといてあげよう。

わたしは両開きの窓をそっと閉めた。

きのう、遅くまでダンジョンを探索したり戦ったり、落っこちたりいろいろしたから、さぞかしよく眠れるだろうと思ったんだけどね。

やっぱりディアのことが気になって、すぐには眠れなかった。

顔を洗うため、下の洗面所へ行こうと階段を下りた時、ケイトがやってきた。

「あら、早いですわね。パステルさん、おはようございます！」

「あ、おはようございます。ディアはまだ？」

「いえ、お嬢様も起きてらっしゃいますよ。実は……」と、ここから声のトーンを落とした。

「さきほど、例のお迎えの方がいらしたんですよ」

「ええええ――――？　こんなに早く⁇」

「ええ。一刻も早くディアお嬢様をお連れしたいからって。息子さん自らいらっしゃったんですのよ」

「へぇぇ！　で？　どんな人なの？」

「それが……」

と、ケイトが説明しようとした矢先だった。

ガチャッとドアが開けられ、ディアが背の高い青年と一緒に現れた。

「あ、ああ、あの。おはようございます！」

わたしがあわてて声をかけると、ディアはにこやかに笑ってわたしを見た。

「おっはよっ！　パステル。紹介するわね。この方、ヒューイさんっていうの」

すると、ヒューイという男の人も笑って言った。

「ディア、さっきも言ったばかりだろ？　ぼくのことは、もうヒューイって呼び捨てでいいって。じゃないと、ぼくもディアーナさんって、他人行儀に呼ぶよ。いいかい？」

「え？　そんなぁ！　んもう、ヒューイのいじわる」

「あはははは。あ、パステルさん、すみませんね。ぼく、ヒューイ・アランドといいます。ディアに一目惚れしちゃって。で、オヤジになんとか頼みこんで、今回の話を進めてもらったんです。ま、でも、彼女がぼくのこと気に入ってくれなかったら、その時はその時で援助だけしてもらえるよう頼もうって決めてたんですけどね」

嫌味のない爽やかな青年とは、彼のことをいうんじゃないだろうか。

クリーム色の綿シャツを着て、白いコットンパンツをかっこよくはきこなしている。

短い髪に、日焼けした顔も端正。どこから見ても、いいところの坊ちゃんって感じ。

でも、ちっとも鼻につくタイプっていうんじゃなくてね。

「パステル、ごめんね。あたしたち、これから朝食まで、その辺を散歩してこようかって言ってるの。また、後でね!!」

「あ、うん。はいはい。ごゆっくり」

わたしはひらひらと手を振って見送った後、ケイトと顔を見合わせた。

だって、ふたり、すっかり意気投合しちゃってて、中に入る隙がないほど。

あらま。

ディアったら、ヒューイの腕にぶらさがったりして。ヒューイはヒューイで、彼女の怪我しているほうの腕をかばってあげたりして、なんとも仲むつまじい。

彼らの幸せな笑い声が遠ざかっていくのを聞き、

「なあーんだ。心配して損しちゃったわ」

わたしが言うと、ケイトもクスクス笑った。

「ほんとに。嫌味ったらしかったり、いかにもスケベそうな男だったら、お嬢様とふたりで逃げ出そうかと思ってましたからね。わたくしも拍子抜けでございます」

「はあぁ……なんか安心しすぎて、どっと疲れちゃった……」

わたしは肩をがっくり落とした。

　いや、その場にへたりこみそうになった。

　そこをぐっとこらえ、ケイトに聞いた。

「ま、何にしてもよかったね。そうだ。いつ出発するの？　やっぱり今日？」

「いいえ、ヒューイ様がおっしゃるには、どうしても買い戻したいものがあれば、それを買い戻すから、いろいろとゆっくり考えなさいですって。お優しいですわね。これで、お父様の形見の品も、ちゃんと持てることになりました。だから、パステルさん、もうお気に病まなくってもよろしいですよ」

　ケイトはそう言うと、にこっと笑ってくれた。

　わたしがそのことにまだこだわっていたことを察してくれてたんだ。

　そして、大きなボストンバッグをよいしょよいしょと運び始めた。

「あ、手伝うよ！」

「いいえ、滅相もない。お客様にそんなこと……」

「ううん、いいのいいの。半分、持たせて！」

　わたしたちが押し問答をしていると、ヒョイとその大きなボストンバッグを持った人がいた。

「ノル！　おはよっ！」

わたしが言うと、彼は、にこにこしながら、そのバッグと一緒に他の荷物も一度に軽々と運び始めた。

「まぁ、まぁ。ありがとうございますわ。ほんとに助かります」

ケイトがペコペコとお辞儀している。

もう少ししたら、他のみんなも起き出してくるだろう。

そして、ディアたちも帰ってくる。

そうだ。

わたしたちで、心ばかりのお祝いをしたらどうかな。

ちょっと早いけど、婚約パーティってことで。

もし、よかったらフランシィさんたちも呼んだりして。彼女たち、冒険者ギルドにハッサンたちを引き渡したら、後は別に急いでないから、もう二、三日ゆっくりしていくって言ってたっけ。

ディアもフランシィさんたちには、お礼が言いたいって言ってたし。

いい、いい、いい!

グッドアイデアだよ。

クレイたちも大賛成してくれる。

「ねぇ、ケイト。ちょっと相談があるんだけどー」

「はいはい、なんでしょうか？」

先を歩いていたケイトが振り返った。

おさげ髪が揺れ、「え？」っていう顔の彼女。

朝の陽光が、広い廊下いっぱいに踊っている。

湖からの涼風が、カーテンを大きくふくらませ、吹き抜けていく。

ああ、きょうも、きっといい天気だね！

THE END

モンスター
ポケット
ミニ図鑑

モンゲーナ

昼なお暗い森の中は得体の知れないモンスターの温床でもある。この一風変わった生物、モンゲーナもそのひとつ。トカゲのような体ではあるが、両腕と両足の間の皮膚が発達しており、モモンガのように高い木から高い木へと飛び移ることができる。

体長は大きなもので80センチから1メートル。最大の武器は鋭い牙。何の前触れもなく飛来し、いきなり冒険者たちの喉元や手首など、無防備な部分に食らいつき決して離さない。ナブキやデラといった大きな木の上に巣を作っていることが多いので、それらの多く見られる森を歩く場合は常に辺りを警戒して歩くこと。

それでもなお、モンゲーナの襲撃にあった場合（噛みつかれた場合）は、あわてずに彼らの背中をつかむことだ。つかんでみればわかるが、背中のほぼ中央部に1か所だけ柔らかいところがある。なぜかそこをつかまれると一瞬だけおとなしくなるらしいのだ。ただし、チャンスはほんの一瞬である。おとなしくなった瞬間に遠くへ投げ飛ばし、そのすきに次の攻撃を迎え撃つ用意をすること。攻撃魔法が使える者ならファイアー系が効果的である。

ゴンゴルゾーラ

ダンジョンや山奥に棲みつく、凶暴極まりないモンスター。飛び出た黄色い目がドス黒い顔についていて、不潔な首の周りには、房状になった鋭い棘がたてがみのようについている。

大変低級ではあるが、言語もあるようだ。

獲物からはぎ取った毛皮などで作った粗末な服を着て、ダガーや弓といった、単純な武器も使用する。

だが、体力もさほどあるわけでもなく、レベルも低い。10レベル程の冒険者たちにとっては、経験値稼ぎの相手としても物足りないくらいだろう。

独特の体臭があり、近寄ってくればすぐにわかるので、不意打ちを食らわし、一網打尽にしたいところだ。

ようこそ！フォーチュン・クエストTRPGの世界へ

《フォーチュン・クエストTRPGルールブック》

はじめに

みなさん、こんにちは！

このたび、「ようこそ！ フォーチュン・クエストTRPGの世界へ」の案内役を務めさせていただきますコボルトです。ボク、ホーキンス山のブラックドラゴン、JB様にお仕えしてるんですが、JB様は大のTRPG（テーブルトーク・ロール・プレイング・ゲーム）好きなんですよ。で、ボクたちも「コボルトTRPG同好会」を作って、日夜TRPG道を究めるべく、励んでいます。なんてね。わいわい、がやがや遊んでるだけなんですけど。もちろん、フォーチュン・クエストTRPGもやってます。え？ ボクの得意なキャラ？ そりゃもうトラップさんです。自分と正反対の性格を演じてみるのって楽しいですもんね。最近、口調が似てきたって言われたりして。まだまだ修行は必要ですけど。

さて、『静かな湖畔のモンゲーナ』、いかがでした？ ディアーナさん、かっわいかったですねー！ ボク、すっかりファンです。苦境にもへこたれない、ガッツあるところがまたかわいいですね。絶対ファンクラブ作っちゃいます。

で、本文の所々にあったふぁずさんの「ふぁずのTRPGコラム」は読みましたか？

まだの人は、ぜひ。TRPGの楽しさ、おもしろさがすごくよくわかって、自分もやってみたい！ってジリジリしてくるはず。そういう気持ちがTRPGをやる時はすっごく大事だと思います。

TRPGは、その名の通り、ひとつのテーブルを囲んで、友だち同士わいわいがやがや、時には脱線しつつ、戦ったり困ったり喜んだりしながら一緒に

冒険していく過程を楽しむゲームです。パステルさんたちが、JB様と遊んだ時みたいにね（『フォーチュン・クエスト③』参照）。

テレビゲームなどのRPGと違う点は、コンピュータ役、つまりJB様みたいな役を誰かがやらなくちゃいけないっていうこと。ダンジョンを作り、罠を仕掛けて、モンスターを操って、なんてことをする人が必要なんです。

ゲームマスター（以下、GM）と呼ばれる冒険の案内役です。

大変そう？　たしかに、一見するとそうですね。でも、GMって一度やってみると、すっかりハマってしまうくらい楽しいんです。特に、仕掛けた罠にちっとも気づかないで、うれしそうに宝箱を開けようとしている冒険者がいたりすると、内心（ほーら、そんなに油断していていいのかね？　クフフ……）なんてね。あれ？　性格悪いですか？

……ははは、話を続けましょう。

たしかに最初は、GMよりキャラクターになって冒険したいかも。特にフォーチュン・クエストTRPGでは、憧れのパステルさんやトラップさんになれるんですからね。

なので、この《フォーチュン・クエストTRPGルールブック》の2章では、実際に遊べるダンジョンを用意しました。このダンジョンはGMがいなくても遊べるようになっているんですよ。おお、なんという親切設計！　1章のルール説明を読んだら、ぜひ2章に挑戦してくださいね。

ではでは、早速"冒険の旅"へ出発しましょう！

ようこそ! フォーチュン・クエストTRPGの世界へ
《フォーチュン・クエストTRPGルールブック》

CONTENTS

【staff】
文:深沢美潮、はせがわみやび
イラスト:美鈴 秋、迎 夏生
デザイン:渡辺宏一(2725Inc.)

1章

フォーチュン・クエストTRPGで遊んでみよう！

《ルール説明》

I パステルたちになって遊んでみよう

1 キャラクターを選ぼう

ＴＲＰＧで遊ぶには、まず「キャラクターを作る」っていうことをします。楽しいんだけど、ふぁずさんがおっしゃるように、慣れないとなかなか大変（37ページ参照）。1日仕事になることも！

でも、フォーチュン・クエストＴＲＰＧ（以下、ＦＱＴＲＰＧ）では、そんなめんどっちいことはしな

くてもいいんです！

パステル、クレイ、トラップ、キットン、ノル、ルーミィ――この6人の中から、なりたいキャラクター（以下、キャラ）をひとり選べば、とっとと冒険に出かけられちゃうんです。

これは、ＴＲＰＧ初心者にはグッドなルールですね。とにかく遊びながら、必要なことをどんどん覚えちゃおう！っていうわけです。

え？　シロちゃんになりたい？　シロちゃんも一緒に冒険に行けますが、ＦＱＴＲＰＧではシロちゃんはキャラではないんですよ。シロちゃんについては272ページを見てくださいね。

そうそう。一緒に遊んでくれるお友だちを少なくともひとりゲットしておいてください。そして、あなたの選んだキャラとは違うキャラを選んでもらいましょう。たとえば、あなたがパステルさんを選んだとしたら、お友だちにはクレイさんとか、ノルさんとか……。パステルさん以外のキャラを選んでもらいましょう。

2　キャラクターシートを書こう

キャラが決まりました。さて、では次に気になってくることといえば……!?

レベルはいくつぐらい？　どれくらい強いの？　武器や防具は何？　とかじゃないでしょうか。

このルールブックでは、キャラたちの強さや装備などは、レベル1から5まで用意しました。ひと目で見ればわかるように表にしてあります（326ページ以下の「キャラクターデータ」を参照）。

キャラを選んだら、そのデータを〈キャラクターシート〉（以下、キャラシート）に、鉛筆で書き写します（後で書き直せるように鉛筆でね）。ゲーム中は、キャラシートさえ見れば、そのキャラのデータはなんでもわかるようになっているんです。

どういうデータを書くのかって？

262ページに、パステルさんのレベル1のキャラシートを載せました。それに基づいて、キャラシートの内容を説明しますね。

FQ TRPGといえばまずはキャラ選びから。あなたなら誰を選ぶ??
キャラ選びで悩んでんなら俺をつかってみろって
罠発見・罠解除から報酬交渉までなんでもござれだぜ!!
でも口の悪さでトラブル続出…
なんだとクレイ!
あはは…
攻撃力・防御力のバランスが良いファイター! いつも不幸だけど
体力・HP カルマ値がパーティで最高!
このようにキャラには特徴があるので
HPが低いが唯一魔法が使える
クロスボウで遠距離攻撃が可能 でも方向オンチ
モンスターの弱点が図鑑で調べられる
パーティのバランスを考えて選んでね
もちろん自分の好きなキャラだけでパーティくんでも大丈夫だよ
キャラ選びが終っていろいろ覚えたらいよいよ冒険のはじまりはじまり~
頑張っていこうね!!
オーーッ

⑩戦闘用チャート（戦闘の時はここを見てください）

攻撃

命中
6

武器の名前	ダメージ
クロスボウ	2D6-2

＋

追加D
1

＝

合計ダメージ
2D6-1

防御

回避
12

防具の名前	防御力

合計防御力
0

敵が
魔法攻撃
してきたら

魔法回避
9

（取得した魔法は○で囲む）

⑪魔法	魔法命中値	消費MP	効果（P325参照）
ファイアー1	4	3	敵1体に炎のダメージ（1D6）を与える
コールド1	4	3	敵1体に冷気のダメージ（1D6）を与える
ストップ	4	5	敵1体を1回休みにする
フライ	—	13	味方1体を飛翔させる。魔法命中判定なし

⑫盗賊技能（取得した技能は○で囲み、数値を書く）

				忍び歩き 敏捷+4	
鍵開け 器用+4		罠解除 器用+4		隠れる 敏捷+4	
罠発見 感覚+4		聞き耳 感覚+4		壁登り 敏捷+4	

Name パステル　職業 詩人兼マッパー

①レベル	1

②基本能力値		③戦闘能力値	
体力	5	命中 器用	6
器用	6	追加D 体力÷3	1
敏捷	5	回避 敏捷+7	12
知力	5	防御力 防具の防御力	0
感覚	4	魔法回避 敏捷+魔力	9
魔力	4	罠回避 敏捷+感覚	9

④HP	11
⑤MP	9

⑥カルマ	0	⑦FP	1	⑧経験値	0

※追加D=追加ダメージ　*FP=フォーチュン・ポイント

⑨アイテム

クロスボウ(2D6−2)
ポータブルカンテラ

所持金	0G

3 キャラシートには何が書いてある？

キャラシートには、まず、キャラの名前、職業、そして、キャラのイラストを描きます。イラストが苦手な人は、キャラクターデータにあるイラストをコピーして貼ってくださいね。

他の欄には番号がふってあります。

①から⑧までは、小説に出てくる「冒険者カード」の役割をしています。レベルや体力、知力などが書いてあるというわけです。「冒険者カード」より種類が多いですが、TRPGで遊ぶには、これくらいあったほうが何かと便利なんです。

⑨は持っているアイテムと所持金。

⑩は戦闘時に使う戦闘用チャート。

⑪はルーミィさんの能力、魔法、⑫はトラップさんの技能、盗賊技能です。

①からくわしく説明していきますね。

①レベル

まずは、なんと言ってもこれです。冒険者としてのレベル。パステルさんはまだレベル1なので、「1」と書かれてます。

モンスターを倒して経験値（270ページ参照）をゲットしていくと、これが上がっていくんですね。

②基本能力値……体力、器用、敏捷、知力、感覚、魔力の6つ

冒険者であるキャラたちは、普通の人々（酒場のウエートレスとか宿屋の主人など）より最初からちょっとだけ、力が強かったり機敏だったりします。厳しい冒険者資格試験に受かったくらいですから。

具体的にどれくらい力が強かったり、機敏だったりするのか？　基本的なキャラクターとしての能力を表しているのが、〈基本能力値〉です。

・**体力**…力の強さや体の頑丈さ
・**器用**…手先の器用さ
・**敏捷**…素早い身のこなしができるかどうか
・**知力**…頭の良さや知識の多さ
・**感覚**…第六感を含む感覚の鋭さ
・**魔力**…魔法の力の強さ

基本能力値とは?

知力

数値が高いほど、記憶力もいい

体力

数値が高いほど、重いものが持てる

感覚

数値が低いと、迷子になりやすい

器用

数値が高いほど、手先が器用

魔力

数値が高いほど、魔法の力も強い

敏捷

数値が高いほど、素早い

③戦闘能力値……命中、追加ダメージ、回避、防御力、魔法回避、罠回避の6つ

戦闘能力値とは、そのままズバリ戦闘における能力を表しています。戦闘時に使います。

・**命中**…武器攻撃で敵にダメージを与えられるか

・**追加ダメージ(追加D)**…武器のダメージ(270ページ参照)にプラスできるダメージ

・**回避**…敵の武器攻撃を避けられるか

・**防御力**…敵の武器攻撃のダメージをどれだけ減らせるか。防具の防御力を足した値になる。防具を装備してないと防御力は0になる

・**魔法回避**…敵の魔法攻撃を避けられるか

・**罠回避**…罠を避けられるか。これのみ、戦闘時以外に使う

防御力以外の数値は、基本能力値に基づいて数値が決められているんですよ。

④HP

生命力を表わします。

敵の攻撃などでダメージを受けた場合は、HPの値からそのダメージの値を減らしていきます。

もし0かマイナスになってしまったら「気絶」です。「気絶」すると、何も行動できず、敵の攻撃や罠を回避することもできません。さらにダメージを受け続けて、マイナス10になってしまったら「死亡」。復活するしかないんです(268ページ参照)。だからHPの値が少なくなってきたら要注意です!

⑤MP

精神力を表しています。

ルーミィさんは魔法を使うたびに、指示された数値(消費MP)を減らしていきます(魔法については271ページ参照)。

もし0になってしまったら「気絶」。でも、MPはマイナスになることはありません。

戦闘能力値とは?

防御力

防具の防御力の数値が高いほど、受けたダメージを減らせる

命中

数値が高いほど、武器が当たりやすい

魔法回避

数値が低いと、魔法にかかりやすい

追加ダメージ

同じ武器でも数値が高いほうが敵に与えるダメージが大きい

罠回避

数値が低いと、罠に引っかかりやすい

回避

数値が高いほど、敵の攻撃を避けられる

⑥カルマ

「冒険者カード」にもありましたよね、カルマ。

そのキャラがどれだけ良いこと、困ったことをしてきたかっていうのを表しています。

レベル1段階では、どのキャラもカルマの数値は「0」です。

良いこと、他人のためになることをすれば、プラスの値が大きくなっていって。困ったこと、はた迷惑なことをすれば、マイナスの値が大きくなってしまうんです。

カルマの値がマイナスになっているキャラは、なかなか他人に信用してもらえないんですよ。

い、いえ、決してカルマの値がマイナスなトラップさんは信用できないって言ってるわけじゃないですよ。ただ信用されにくいんです。

また、カルマは、死亡した時、復活しやすいかどうかにも関わっています。カルマの値が高いほど復活しやすいんです(復活の方法は319ページ参照)。

小説でもノルさんがそうでしたよね(『フォーチュン・クエスト⑤⑥』参照)。

あやしい者ではないのだが…
レベル3
カルマ3
うんうん
あやしい者じゃないんだけどさ
レベル3
カルマ−1
あやしい〜

⑦フォーチュン・ポイント（以下、FP）を1点使

…きます。

…コロを1回振り…時には1点持っています。…攻撃が当たったか、どのくらいダ…を与えられるかなどを決める時、サイコロを使います。

だから、サイコロの振り直しができると、とても有利にゲームを進めることができるんですよ。たとえばモンスターと戦っていて、あと少しのダメージで倒せるのに、ダメダメな目が出ちゃった時。振り直せば良い目が出るかもしれません。

逆に、敵がサイコロを振ったら、とても良い目が出て、キャラが死んじゃった時。敵のサイコロを振り直しさせたいですよね。

ただし振り直せるのは、直前に振ったサイコロだけ。次のサイコロを振ってしまったら、それより前のサイコロの振り直しはできません。

FPは、次のゲームへの持ち越しはできないので、出し惜しみせずに使いましょう。

FPはどういう時に使うか!!
ぐっ
それはズバリ！
困った時
ひ
肝心な時に攻撃をはずしてしまったりとか
ス
カ
たくさんダメージがきたりした時にサイコロの振りなおしができます。
きゃ～ 振りなおして～
ピンチの時はフォーチュン・ポイント!!
いいな～
役立ててね♡
でも使える回数が限られてるから気をつけて使えよな

⑧経験値

レベル1段階では、どのキャラも経験値は「0」です。経験値が一定の値に達すると、レベルアップできます（296ページ参照）。

経験値は、小説のようにモンスターを倒すたびに足すわけではなくて、冒険の終わりにまとめて足します。

⑨アイテムと所持金

アイテムだけではなく、武器や防具も書いておきます。

レベル1のパステルさんは、武器のクロスボウとポータブルカンテラしか持っていません。武器の場合は武器のダメージ（クロスボウは2D6—2。2D6については277ページ参照）、防具の場合は防具の場合は防御力の数値も書

ゲーム

、お店で買っ

書い

ていきます。

所持金はレベル1段階では、どのキャラも0G。TRPGでも貧乏パーティなんですね。とほほ。

⑩戦闘用チャート

戦闘に必要なデータを書き込みます。戦闘時はここを見ればバッチリ！というわけです。

武器、防具は、この欄に書くことによって、装備したことになります。

それぞれの欄には次の数値などを書きます。

・〈命中〉〈追加D〉〈回避〉〈魔法回避〉には、〈③戦闘能力値〉のそれぞれの数値。

ただし武器を持ってない場合は武器攻撃ができないので、〈命中〉〈追加D〉は空白になります。

・〈武器の名前〉には、装備できる武器の名前。

・〈ダメージ〉には、その武器のダメージ（武器によって与えるダメージが違う。322ページ参照）。

・〈合計ダメージ〉には、〈ダメージ〉＋〈追加D〉の数値。

武器を複数装備できる場合は全部記入し、それぞれの〈合計ダメージ〉も書きます（326ページ⑩参照）。

・〈防具の名前〉には、装備できる防具の名前。

・〈防御力〉には、その防具の防御力の数値。
防具を複数装備できる場合は、全部記入し、〈防御力〉を足した数値を〈合計防御力〉に書きます（ひとつの場合は〈防御力〉の数値をそのまま書いてください）。

レベル1のパステルさんは何も装備してないので〈合計防御力〉は0です。ちょっと心細いですね。

〈合計防御力〉の数値がそのまま、そのキャラの〈③戦闘能力値〉の〈防御力〉の数値になるので、防具を装備した時は、〈③戦闘能力値〉の〈防御力〉の数値も書き直すことを忘れないように。

武器・防具のデータや注意点については、322ページを見てください。

⑪魔法

魔法使いのルーミィさんが使える魔法です。もしレベル1のルーミィさんだったら、ファイアー1とコールド1を使えるので、それを○で囲みます。

魔法のデータは、325ページに載っていますから、ルーミィさんを選んだ時は必ず見てくださいね。

⑫盗賊技能

盗賊のトラップさんが取得している盗賊技能です。

盗賊技能の種類は325ページを見てくださいね。

取得した盗賊技能を○で囲み、その数値を書きます。もしレベル1のトラップさんだったら、鍵開け、罠発見、罠解除を取得しているので、それを○で囲み、それぞれ10の数値を書きます。トラップさんを選んだ時は必ず294ページを見てくださいね。

＊　＊

ゲームをする時は、336ページのキャラシートを拡大コピーして使ってください。

4 シロちゃんはどう活躍するか？

お待たせしました。ホワイトドラゴンのシロちゃんについて説明しますね。

シロちゃんは、FQTRPGでは、アイテムと同じ役割をします。つまり、キャラシートを書いたら、誰がシロちゃんを持つか決めます。そして、そのキャラの〈⑨アイテム〉に「シロちゃん」と書きます。

シロちゃんは、シロちゃんポイント（以下、SP）を20点持っていて、この点数の範囲内で、次の3つのお願いをきいてくれるデシ。

〈まぶしいのデシ〉〈熱いのデシ〉〈もう一度がんばるデシ〉です。〈まぶしいのデシ〉〈熱いのデシ〉は小説でもおなじみの能力ですね。〈もう一度がんばるデシ〉は、なんとFPを1点くれます！　シロちゃん、頼もしいですね〜。効果や、どう使うかなどは、325ページを見てくださいデシ。

お願いをしたら、SPの20点から、指示された数値（消費SP）を減らします。

そうそう。シロちゃんにお願いできるのは、シロちゃんを持っているキャラだけです。もしもそのキャラが気絶状態（266ページ参照）になったら？

くすん。シロちゃんも役に立たないデシ。

II 戦闘、罠などの危機をどう乗り切っていくか？

1 FQTRPGはどのように遊ぶか？

●FQTRPGの現場レポート

最初に、ボクたち「コボルトTRPG同好会」がFQTRPGを遊んでいる時の様子を現場レポートしちゃいます！

JB様の部屋には、TRPG用の大きめのテーブルがあります。そこにJB様とボクたち参加者全員が座っています。

目の前には、お菓子とそれに飲み物！　なにしろ、遊んでいる時はしゃべりっぱなしなので、喉がとても乾くんです。それに、頭も使うので、甘いチョコなんていうのもありがたいです。

テーブルの上には、他には、6面体のサイコロが2個に、白紙のキャラシートが人数分。鉛筆と消しゴムもですね。

GMのJB様は、机の端に座って、シナリオ（ダンジョンや敵のモンスターや冒険の報酬について書いてある、要するにあんちょこ）をボクたちから一生懸命隠しています。

キャラになるボクたちは、白紙のキャラシートに、自分が選んだキャラのデータを鉛筆で書いてます。ボクはもちろんトラップ！

ボクたちは雰囲気を出すため、いつもキャラの顔が描かれたお面を頭につけています。隊列がわかりやすいように、消しゴムと紙で作ったフィギュアの代わりも用意してるんですよ（141ページ参照）。

シナリオを睨みつけていたGMのJB様が顔をあげて、「用意はいいか？」と聞きました。うん、うんと各自うなずき、ゲームの始まり始まり。

まず、キャラが置かれている状況をGMが説明してくれます。

GM「おまえたちは、旅の途中に入った食堂で晩飯を食べておる。食事をしておると、扉がギギィーッ

と開いた。入ってきたのはメイド服を着たかわいい少女だな。どうやら冒険者を探しているようだぞ」

『静かな湖畔のモンゲーナ』の「湖畔亭」でのシーンですね（55ページ参照）。

GM「もう、こうなりゃどなたでもけっこうですわ！　あなたがたも一応冒険者なんですよね？」

今度はメイド役になり、GMはボクたちに声をかけてきます。JB様の女性役、これがけっこうお上手なんです。かなり気持ち悪……いや、かなりの迫力ですよ！

　キャラ役のボクたちも負けていられません。

クレイ役のコボルト「あ、ちょ、ちょっと待ってください。ほら、ここに腰掛けて」

ああ、まるで本当にクレイさんがしゃべっているようではないですか！　トラップ役のボクも「ばぁーか。ったりめえだろ？」とは言いつつ、「あ、これはトラップが言ってるんであって、ボクじゃありませんから、ご主人様……」なんて、つい弱気なことを言ったりして。いやはや、役になりきるのは大変です。

もちろん「クレイは、『ちょっと待ってください。ここに腰掛けて』と言います」という答え方でもいいんですよ（63ページ参照）。

　このように、GMが教えてくれることに対して、このキャラだったらどうするか、何を言うかを考えて、答えていけばいいわけです。その結果どうなったかをGMがさらに説明してくれます。

GM「おまえが椅子をすすめると、その少女はだな、涙ぐみながら椅子に腰掛けたぞ」

　っていうぐあいにね。そして、依頼されるわけだけど、それを引き受けるかどうかもキャラになりきって考えます（81ページ参照）。ボクは、もちろん「報酬が労働に見合わなきゃ、断るのが普通なの！」とか言って、がんばって報酬の交渉をするつもりです。

　依頼を受けたら、解決のため情報収集したり（93ページ参照）。時にはダンジョン探検になり、マッピングしたり（145ページ参照）。モンスターと戦ったり。その結果、宝箱を見つけたり……。

　依頼を解決したら、ゲームは終わります。

J·B
TRPG

●ゲーム中のGMの役割とは？

TRPGのキーパーソン、GMのゲーム中の役割は、大きくいうと3つあります。

ひとつ目は、冒険の舞台に関する情報をキャラクターたちに伝えること。

5W1H（いつ、どこで、誰が、誰と、どのように、何をしているか）の要領で、説明します。

たとえば、依頼主の少女がいたら、その娘はどんな子なのか？

ふたたび『静かな湖畔のモンゲーナ』を例にして説明しますね（70ページ参照）。

　髪は明るい茶色。
　くりくりとよく動く大きな目も、同じような茶色だった。
　服は黒のミニのワンピース。
　短い袖は、ふわんとふくらんでいて、ウエストの部分が切り替えになっている。
　ミニのスカート部分は、ギザギザの透けた布が幾重にも重なったデザイン。

読んだだけでも、依頼主の少女の姿が目に浮かびますよね。

このようにGMは、キャラたちの目に映るものや、聞こえてくる音などを説明します。時には、身振り手振りを使ったり、紙に絵や図を描いて見せたりもします。さらに、他の登場人物役まで演じます。

ふたつ目は、戦闘時、敵のモンスター役をすること。くわしくは288ページを見てくださいね。

3つ目は、キャラたちの行動が成功したのか失敗したのかを判定すること（87ページ参照）。「行為判定」といい、サイコロを使って行います。くわしくは290ページを見てください。

●サイコロころころ

では、そのサイコロの話をしましょう。

ＦＱＴＲＰＧでは、6面体サイコロを2個使います。ちなみに、「6面体サイコロを2個振る」ことを「2Ｄ6」といいます。たとえば、サイコロの出目が2と3だったら、2Ｄ6は5になります。また、たとえば「2Ｄ6－2」という表現が出てきたら、2個のサイコロの出目から2を引いた数値。つまり、2Ｄ6が5の場合、5から2を引いた数、3になります。

「2Ｄ6」は、武器のダメージや行為判定などで頻繁に出てきますから覚えちゃいましょう。

また、2Ｄ6でサイコロの出目が両方とも1、あるいは6の時は、特別なルールがあります。283ページを見てくださいね。

「6面体サイコロを1個振る」ことは「1Ｄ6」といいます。魔法攻撃のダメージを決める時や薬草などを使う時に出てきます。

2　戦闘だっ！

ＴＲＰＧのメインは、なんといっても戦闘です！　小説では、なんとかして戦いを避けよう避けようとするパステルさんたちだけど、ゲームだとやっぱり一番盛り上がるんです（149ページ参照）。

①戦闘の流れ

まず、戦闘の始まりから終わりまで、全体的な流れを書いた左の図を見てください。特に「1ラウンド」は大事なので、覚えてくださいね。

●隊列の確認
←
●イニシアチブ（先手）の決定
←
●イニシアチブに勝ったグループの行動
←
●イニシアチブに負けたグループの行動
←
●戦闘終了確認

（イニシアチブの決定～戦闘終了確認：1ラウンド）

●隊列の確認

敵のモンスター（GMが演じます）に遭遇したら、一番最初にすることは、自分がどこにいるかという「隊列の確認」です（141ページ参照）。

隊列は〈前列〉〈後列〉のふたつ。敵と接している列が〈前列〉で、2列目以降は〈後列〉になります（横に何人まで並べるかは、285ページの「D移動」参照）。

たとえば、下の図のような隊列で歩いていたとします。〈前列〉はクレイさん、ノルさん、トラップさん。残りのキャラはすべて〈後列〉になります。

この隊列で歩いていて、逆に背後から襲われた場合は、一番後ろにいて安全なはずのパステルさんとルーミィさんが〈前列〉に。きゃー、大変！

この時フィギュアみたいな人形を使ってるとキャラの位置が一目でわかり便利なんですよ。

隊列の確認と同時に、複数の武器を装備しているキャラの場合は、どの武器を手に持っているかの確認もしてくださいね。武器の攻撃範囲が決まっていて（280ページ参照）、「武器の持ち替え」には1ラウンドかかるからです（285ページ参照）。

●イニシアチブ（先手）の決定

戦闘の時、キャラクターとモンスターは、グループごとに行動します。

先に行動するグループを決めることを、「イニシアチブ（先手）の決定」といいます。

イニシアチブの決定は、グループの代表者がサイコロを振り合って決めます。

グループにクレイさんがいるならば、クレイさんとモンスター役のGMが6面体サイコロ2個を各自振って（2D6）、大きな目を出したほうのグループから先に行動できます。イニシアチブをとることは大事なので、気合いを入れて振りましょう。

イニシアチブの決定は、毎ラウンド行います。

●イニシアチブに勝ったグループの行動

イニシアチブに勝ったグループから行動します。

もしクレイさんが勝てば（めったにないんですが）、キャラ側から行動ができます（キャラ側の行動は281ページ参照）。グループの中では、行動する順番は自由です。ひとり、ひとつの行動ができます。

●イニシアチブに負けたグループの行動

イニシアチブに勝ったグループの行動が終わったら、負けたグループの行動になります。つまり、キャラ側の行動が終わったら、モンスターの攻撃になるわけです（モンスターの攻撃は288ページ参照）。

●戦闘終了確認

両グループの行動が終わったら、戦闘が続くかどうかを確認します。

戦闘が終了するのは、敵のモンスターが全部倒れたとか逃げたとか降参したなど、キャラ側が勝った時。つまり全部のモンスターのHPが0以下になるか、GMの判断でモンスターが逃亡や降参した場合。

あるいは、キャラが全滅したとか降参したなど、キャラ側が負けた時か、全員逃げきった時。つまりキャラ全員のHPかMPが0以下になるか、GMに降参するか、逃亡判定に成功した（285ページ参照）場合。

キャラ側が勝った時は倒したモンスターの名前をキャラシートの余白に書いておきます。ゲーム終了後に経験値の計算をするためです（296ページ参照）。

戦闘が続く場合は「イニシアチブの決定」へ。

②武器や魔法の攻撃範囲

武器には、剣やクワなどのように直接相手に切りつけることのできる「直接攻撃武器」と、クロスボウやパチンコのように遠くから攻撃できる「飛び道具」の2種類があります。

「直接攻撃武器」は、〈前列〉にいる時だけ使えて、相手の〈前列〉しか攻撃できません。

「飛び道具」は、〈前列〉〈後列〉のどちらからでも、どこにいる敵にも攻撃できます。

魔法は「飛び道具」と同じで、〈前列〉〈後列〉のどちらからでも、どこにいる敵にも攻撃できます。

つまり、剣やクワなどの「直接攻撃武器」しか持っていないキャラは、前列にいないと役に立たないということです。

小説では、ダンジョン内を歩く時、罠を調べるためにトラップさんが先頭のことが多いけど、TRPGでは、クレイさんやノルさんを先頭にしておくほうが、戦闘では有利です。クレイさんやノルさんが後列にいると、すぐに敵を攻撃できないからです。

この攻撃範囲は、モンスターの場合も同じです。

3　戦闘中にキャラができる行動

戦闘中にキャラができる行動は、AからFまであります（286ページの表参照）。1ラウンドに、いずれかひとつの行動ができます。

AとBは、キャラシートの〈⑩戦闘用チャート〉と、モンスターデータの〈戦闘用チャート〉（332ページ参照）を見ながら読んでください。

A　武器で攻撃する

武器で攻撃する場合の手順は次の通りです。

1 攻撃する敵を指定する。
2 武器が当たるかどうか、判定する。
3 当たった時は敵に与えるダメージを決める。
4 敵のHPからダメージを引く。

たとえば「クレイは、ロングソードで目の前のゴンゴルゾーラを狙います」と宣言します。もし、目の前にゴンゴルゾーラが複数いる場合は、どのゴンゴルゾーラを狙うのか指定します。

武器が敵に当たるかどうかは、サイコロを使って判定します（命中判定）。

ゴンゴルゾーラ		レベル1のクレイ	
回避14	≦	命中5 ＋ 2D6	➡命中

ゴンゴルゾーラへのダメージ：（2D6＋追加ダメージ2）－（防御力3）

◆キャラの〈命中〉＋2D6の数値が、敵の〈回避〉の数値と同じか、大きいと、当たり！　少ないと、はずれ！

この時、キャラの〈⑩戦闘用チャート〉の〈命中〉と、モンスターの〈戦闘用チャート〉の防御用の〈回避〉を使います。

【例】ゴンゴルゾーラの〈回避〉は14で、レベル1のクレイの〈命中〉は5なので、2D6が9以上ならば、クレイの攻撃は当たる（クレイのデータは327ページ、ゴンゴルゾーラのデータは334ページ参照）。

武器が当たった場合だけ、敵に与えるダメージの計算をし、その値を敵のHPから引きます。

◆敵に与えるダメージは、キャラの〈合計ダメージ（武器のダメージ＋追加ダメージ）〉から、敵の〈防御力〉を引いた数値。

この時、キャラの〈⑩戦闘用チャート〉の〈合計ダメージ〉と、モンスターの〈戦闘用チャート〉の防御用の〈防御力〉を使います。

【例】2D6が5の場合、クレイのロングソードの合計ダメージは2D6＋2なので、7。7からゴンゴルゾーラの〈防御力〉3を引くと、4。ゴンゴルゾーラのHP22から4を引く。

敵のHPが0以下になったら、その敵を倒したことになります。キャラシートの余白にモンスターの名前と数を書きましょう。

B 魔法を使う

キャラがルーミィさんの場合、魔法を使うことができます。キャラシートの〈⑪魔法〉も見てくださいね。魔法の使い方の手順は次の通りです。

1 誰に何の魔法をかけるかを指定する。
2 魔法がかかるかどうか、判定する。
3 魔法がかかった時は、その魔法を使える。
4 敵にダメージを与える魔法の時は、敵のHPからダメージを引く。
5 ルーミィのMPから消費MPを減らす。

たとえば「ルーミィは、ファイアー1でゴンゴルゾーラを狙います」と宣言します。ゴンゴルゾーラが複数いる場合は、どのゴンゴルゾーラを狙うのか指定します。

コボルトのFQTRPGコラム

★1ゾロ

2D6の時、サイコロの両方の出目が1だったら、それを「1ゾロ（1のゾロ目）」っていいます。

1ゾロを出すと、その行動は失敗になります。

敵に与えるダメージを決める2D6の時に、1ゾロを出すと、〈追加D〉がいくつであろうと、敵に与えるダメージは0になってしまいます。

でも、1ゾロを出すと、その瞬間に〈⑦フォーチュン・ポイント（FP）〉を1点追加できるんです。だから、すぐにそのサイコロを振り直すこともできるってわけです。誰かにサイコロを振られる前に、すぐサイコロを振り直しちゃいましょう！

★6ゾロ

2D6の時、サイコロの両方の出目が6だったら、それを「6ゾロ（6のゾロ目）」っていいます。

6ゾロを出すと、うれしいことに、もう一回2D6できて、その値を足すことができるんです！

たとえば、HPの値が50点ぐらいのつよ〜いモンスターに遭遇してしまった場合、敵に与えるダメージを決める2D6の時に、6ゾロを出すと、それだけでまず12点。もう一回2D6して、それも6ゾロだったら12＋12で24点。さらに6ゾロだったら36点！　さらにさらに6ゾロだったら……！

ああ、夢のようです。

ただし途中で1ゾロを出すと、それまでの値はすべてパア。その時点で失敗したことになって、0点です……くすん。もちろん、途中でやめてもOKです。

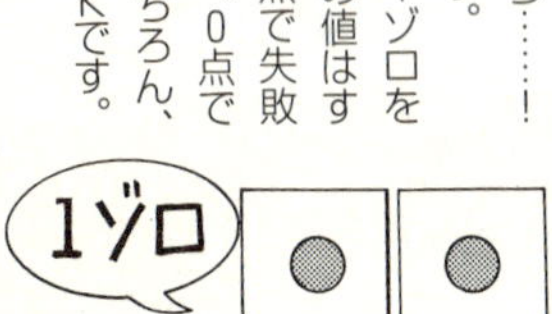

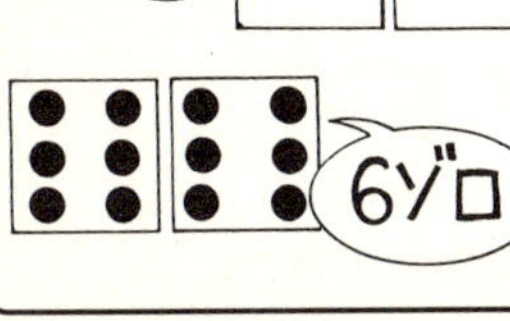

魔法がかかるかどうかは、サイコロを使って判定します（魔法命中判定）。

◆〈魔法命中値〉＋2D6の数値が、敵の〈魔法回避〉の数値と同じか、大きいと、魔法は命中！ 少ないと、はずれ！

この時、ルーミィさんの〈⑪魔法〉の〈魔法命中値〉と、モンスターの〈戦闘用チャート〉の防御用の〈魔法回避〉を使います。

【例】ゴンゴルゾーラの〈魔法回避〉は11で、ファイアー1の〈魔法命中値〉は4なので、2D6が7以上ならば、魔法は命中する。

魔法が命中した場合だけ、その魔法は効果を発揮します。それぞれの魔法については325ページを見てください。魔法を使ったら、ルーミィさんのMPから消費MPを引くことを忘れないようにね。

【例】ファイアー1のダメージは1D6。1D6が5の場合、ゴンゴルゾーラのHP22から5を引く。魔法の場合は、〈防御力〉の値を引くことはできない（「防御力は無効」という）。レベル1のルーミィのMPは15で、ファイアー1の消費MPは3なので、MPを12に書き直す（ルーミィのデータは331ページ参照）。

MPが0になったらルーミィさんは気絶しちゃいます!! 魔法の使いすぎに注意しましょう。

ファイアー1の
ダメージ1D6
ゴンゴルゾーラの防御力無効
ファイアー1
魔法命中値4+2D6
≧
ゴンゴルゾーラ
魔法回避11
➡命中
ゴンゴルゾーラへのダメージ:1D6

C アイテムの使用

キャラクターが持っているアイテムを、ひとつだけ使うことができます。

アイテムには、仲間のHPを回復させる薬草などの回復アイテムと、敵にダメージを与える聖水など

の攻撃アイテム、モンスターの弱点を知る「モンスターポケットミニ図鑑」などのその他のアイテムがあります。それぞれのアイテムの効果と使い方、注意点などは、320ページを見てください。

シロちゃんを持っているキャラは、シロちゃんにお願いをひとつできます（272ページ参照）。

その他、アイテムを他のキャラに渡す「アイテムを渡す」、武器をクロスボウからショートソードに持ち替えるなどの「武器の持ち替え」も、「アイテムの使用」の中に入ります。

D 移動

〈前列〉から〈後列〉へ、あるいは〈後列〉から〈前列〉へ、移動できます（行為判定なしで）。

〈前列〉から〈後列〉へ、全員が移動した場合は、当然、全員〈前列〉になっちゃいます。

同じ列に何人まで並べるかは、その場所の広さによります。それはシナリオに書いてありますが、書いてない場合はGMが決めることになっています。

E 逃げ出す

最後のひとりを除けば、〈逃亡判定〉なしで、逃げられます。でも、最後のひとりだけは、敵の前列の〈敏捷〉が最も大きいモンスターと〈逃亡判定〉をする必要があります。〈逃亡判定〉は次の通り。

◆最後のひとりの〈敏捷〉＋2D6の数値が、敵前列の〈敏捷〉＋2D6の数値と同じか、大きいと、逃げ出せる！　少ないと、逃げられない！

「勝てそうもない時は、勇気ある撤退も大切だ」ってJB様もおっしゃってましたよ！　でも『静かな湖畔のモンゲーナ』の中で、トラップさんは「勇気ある撤退ばっかだぜ」って怒ってましたけどね。

F 何もしない（待機）

何もしないで待機っていう場合もあります。

HPが少なくて敵の前に出られない、でも持っている武器が直接攻撃武器しかない、なんていう場合です。こういう時は、しかたないですね。

当たった時、敵に与えるダメージは？

キャラの〈合計ダメージ〉 － 敵の〈防御力〉

命中した時、魔法の効果は？

ファイアー１
コールド１ → 1D6のダメージを与える

ストップ → 1回休みにする

魔法命中判定なしで使える

フライ → 味方ひとりを飛翔させる

戦闘中にキャラができる行動

A 武器で攻撃 → 攻撃する敵を指定 →

武器が当たるか？（命中判定）

キャラの〈命中〉+2D6	≧	敵の〈回避〉
キャラの〈命中〉+2D6	<	敵の〈回避〉

B 魔法を使う → 誰に何の魔法をかけるかを指定 →

魔法はかかるか？（魔法命中判定）

〈魔法命中値〉+2D6	≧	敵の〈魔法回避〉
〈魔法命中値〉+2D6	<	敵の〈魔法回避〉

C アイテムの使用 →
- ・アイテムをひとつ使う
- ・シロちゃんにお願い
- ・アイテムを他のキャラへ
- ・武器の持ち替え

D 移動 → 〈前列〉から〈後列〉へ、あるいは〈後列〉から〈前列〉へ、移動できる

E 逃げ出す → 最後のひとりだけ〈逃亡判定〉 →

逃げ出せるか？

最後のひとりの〈敏捷〉+2D6	≧	敵前列の〈敏捷〉+2D6
最後のひとりの〈敏捷〉+2D6	<	敵前列の〈敏捷〉+2D6

F 何もしない

4 モンスターの攻撃！

モンスターの攻撃（GMが行う）は、「戦闘中にキャラができる行動」の中の「A武器で攻撃する」と同じ手順になります（281ページ参照）。

1 GMが攻撃するキャラを指定する。

2 武器が当たるかどうか、判定する。

◆モンスターの〈命中〉＋2D6の数値が、指定されたキャラの〈回避〉の数値と同じか、大きいと、当たり！ 少ないと、はずれ！

この時、モンスターデータの〈戦闘用チャート〉の攻撃用の〈命中〉と、キャラシートの〈⑩戦闘用チャート〉の〈回避〉を使います。

3 当たった時はキャラに与えるダメージを決める。

◆キャラが受けるダメージは、モンスターの〈合計ダメージ（武器のダメージ＋追加ダメージ）〉から、キャラの〈合計防御力〉を引いた数値。

この時、モンスターの〈戦闘用チャート〉の攻撃用の〈合計ダメージ〉と、キャラの〈⑩戦闘用チャート〉の〈合計防御力〉を使います。

ゴンゴルゾーラ 命中5 ＋ 2D6 ≧ レベル1のクレイ 回避12 ➡命中

クレイへのダメージ：（2D6−2＋追加ダメージ3）−（合計防御力3）

なお、特殊能力を持っているモンスターもいます。特殊能力については335ページを見てください。

4 キャラのHPからダメージを引く。

もし、キャラのHPが0以下になってしまったら……「気絶」です。誰かに回復してもらうまでは何もできません。つまり、「戦闘中にキャラができる行動」は何もできないし、モンスターの攻撃を回避したり、魔法回避することもできません。戦闘終了後は罠回避もできません（293ページ参照）。

そして、HPがマイナス10以下になってしまったら……「死亡」です。ご冥福をお祈りします。でも、街に戻れば、寺院で復活できるかもしれませんからね（298ページ参照）。そんなに悲観しないで。

さらに！　全員が気絶、あるいは死亡状態になったら、全滅。ゲーム自体が終わります。手に入れたアイテム、経験値などすべてなくなっちゃいます。

5 戦闘が終わったら

HPやMPが少なかったり、毒を受けた仲間がいる時は早めに治療しましょう。HPがマイナスになっている場合はかなりヤバイです！

また、アイテムなどを確認して、街に帰って補充するかどうか検討しましょう（街は298ページ参照）。

6 戦闘以外のルール——行為判定と罠

①行動が成功するか？　失敗か？

TRPGでは、戦闘以外にもさまざまな行動をすることができます。たとえば、穴を飛び越えるとか、古い文字を読むとか、鍵を開けるとか、彫像に愛を捧げるなどなど。ただ、その行動が成功するかどうかは「行為判定」で決めます（295ページの表参照）。

行為判定は、キャラの〈②基本能力値〉や〈⑥カルマ〉の数値、6面体サイコロ2個を使います。

たとえば、『静かな湖畔のモンゲーナ』の中で、キットンさんが指輪についてるモンスターを当てちゃう場面がありますが（85ページ参照）、もし、それがTRPGであれば、キットンさんが思い出すかどうか、行為判定が必要になります。この場合だったら、記憶力の問題って考えて、〈知力〉の数値が多いほど、覚えている可能性が高いって考えます。そこで、GMは〈知力〉で判定させます。

もしもGMがいない場合は、どの〈能力値〉で判定すればいいか、みんなで相談しましょう。下の表は、どんな行動の時に、どの〈能力値〉で判定させるかの目安です。参考にしてください。

体力	重いものを動かせるか、毒を飲んで耐えられるか、など
器用	料理をうまく作れるか、似顔絵をうまく書けるか、など
敏捷	細い丸太橋を渡れるか、頭の上から落ちてきたものを避けられるか、など
知力	その知識をもっているかどうか、難しい本を読めるか、など
感覚	敵の潜んでいる気配や尾行に気づくか、道に迷わず歩けるか、など
魔力	魔法の気配を感じることができるか、など
カルマ	出会ったばかりの人に信用してもらえるか、など

行為判定の方法は、次の通りです。

◆行為に関係する〈基本能力値〉（あるいは〈カルマ〉）＋2D6が、定められた〈目標値〉と同じ

か、大きいと、成功！ 少ないと、失敗！

【例】キットンが思い出すか、判定する場合、レベル1のキットンの〈知力〉は7。定められた〈目標値〉が17であれば、2D6が10以上であれば、思い出す（キットンのデータは329ページ参照）。

コボルトのFQTRPGコラム

★〈目標値〉って何？

〈目標値〉は、行おうとしている行動の難易度を数値で表したものです。この数値が大きいほど、難しい!っていうことになります。

冒険者のレベルによって、〈目標値〉がいくつぐらいになるかは、下の表を参考に。

冒険者のレベル	1～2	3～4	5～6
難しい	15	16	17
普通	12	13	14
やさしい	9	10	11

②罠を発見するには？

ＴＲＰＧで戦闘と同じくらい重要なものは？　トラップさんなら「罠！」って言うでしょう（１６９ページ参照）。ＪＢ様も罠、好きです。

まず、罠をいかに発見するかの説明です。

扉発見！　でも小説の中のトラップさんは、すぐ鍵を開けようとはしませんよね。まず、することは？

そうです。罠が仕掛けられていないかどうかチェックすること。これを「罠発見」と言います。

罠発見も「行為判定」のひとつで、次の通りです。

◆キャラの〈感覚〉＋２Ｄ６の数値が、その罠の〈罠発見値〉と同じか、大きいと、罠発見！　少ないと、罠は発見できない！

〈罠発見値〉は、罠ごとに設定されています。

失敗した時は、その扉に罠があるのかないのかも、わかりません。つまり、解除のチャンスもないわけです。

ということは、扉を開けたら……ドッカン！っていう可能性もあるんです。くわばらくわばら。

③見つけた罠を解除するには？

罠を見つけたら、次にすることは？　もちろん、罠解除ですよね。

罠解除も「行為判定」のひとつで、次の通りです。

◆キャラの〈器用〉＋２Ｄ６の数値が、その罠の〈罠解除値〉と同じか、大きいと、解除成功！　少ないと、解除失敗！

罠は、あらゆるところに仕掛けられている可能性があります。気づかないとヤバイです。だから、なんか怪しいと思ったら、まず罠発見！

左の表は、代表的な罠です。参考にしてください。

代表的な罠

罠の種類	罠発見値	罠解除値
地面に落とし穴	18	―
扉に仕掛け針	20	20
宝箱に爆弾	17	17

落とし穴は発見できれば、落ちずにすみます。だから、罠解除値はありません。

④罠に引っかかると？

どんなに優秀な盗賊がいても（たとえそれがトラップさんでも！）、罠を解除できないことがあります。それはもう、陰険な罠ってありますから。JB様なんて、すっごく難しい罠ばっかり。で、ボクはいつも失敗して、ドッカン！　宝箱は焼けちゃうわ、HPは減るわ。あっ、マイナス10になって死んじゃったことも……。

気を取り直して。罠に気づかなかったり、発見できなかったり、解除に失敗した場合は、罠は発動します。つまり、罠に引っかかってしまったわけです。

でも、危機一髪で回避できる可能性もあります。それを決めるのが、「罠判定」です。罠判定では、〈③戦闘能力値〉の〈罠回避〉を使います。罠判定は、次の通りです。サイコロはGMが振ります。

◆その罠の〈罠発動値〉＋2D6の数値が、キャラの〈罠回避〉の数値と同じか、大きいと、その罠に引っかかる！　少ないと、回避できる！

引っかかった場合、罠の効果は罠ごとに決まっています。下の表を参考にしてください。

代表的な罠の発動値と効果

罠の種類	罠発動値	効果
地面に落とし穴	6	落とし穴に落ちて1D6のダメージを受ける（防御力無効）。
扉に仕掛け針	8	針が手に刺さり毒を受ける。1D6のダメージ（防御力無効）。毒が消えるまで、しびれて〈回避〉1点減る。
宝箱に爆弾	10	宝箱が爆発して1D6のダメージを受ける（防御力無効）。宝箱の中身は焼失する。

コボルトのFQTRPGコラム

★トラップの盗賊技能とは？

ボクの得意キャラ、トラップさんは、盗賊技能を取得してます。

盗賊技能を取得していると、他のキャラより「罠発見」「罠解除」をする時、断然有利なんですよ。って、ボクはいつも失敗……。なぜかなあ？

ええと、罠発見の場合、〈感覚〉の数値で判定しますが、盗賊技能の「罠発見」を取得していれば、〈感覚〉の数値にプラス4できるんです。

キャラシートの〈⑫盗賊技能〉の〈罠発見〉の数値は、それを表しているんです。

だから、トラップさんに限り、「罠発見」「罠解除」をする時は、〈⑫盗賊技能〉の数値を使ってください。たとえば罠発見の場合は、こうなります。

◆トラップの〈罠発見値〉＋2D6の数値が、その罠の〈罠発見値〉と同じか、大きいと成功！

他にどんな盗賊技能があるかというと、「鍵開け」「聞き耳」「忍び歩き」「隠れる」「壁登り」。これらの行為判定をする時は、ぜひトラップさんにまかせるといいですよ。

でも、レベルによって取得している技能、数値は違うので、注意してくださいね（328ページ参照）。

そうそう、盗賊技能を使うには、『静かな湖畔のモンゲーナ』でも大活躍した「盗賊の七つ道具」を持ってないとダメなんです。どのレベルのトラップさんでも「盗賊の七つ道具」はアイテムとして持っています。だから、売ったり、捨てたり、他のキャラが持ったり、ギャンブルのカタにしたりしないでね！　あっ、他のキャラはそんなことしませんね。

行為判定と罠

■その行動は成功するか?

行為に関係する〈基本能力値〉+2D6	≧	〈目標値〉	→ 成功!
行為に関係する〈基本能力値〉+2D6	<	〈目標値〉	→ 失敗!

■罠を発見するには?

キャラの〈感覚〉+2D6	≧	〈罠発見値〉	→ 罠発見!
キャラの〈感覚〉+2D6	<	〈罠発見値〉	→ 失敗!

■罠を解除するには?

キャラの〈器用〉+2D6	≧	〈罠解除値〉	→ 解除成功!
キャラの〈器用〉+2D6	<	〈罠解除値〉	→ 解除失敗!

■罠が発動した時、回避できるか?

〈罠発動値〉+2D6	≧	キャラの〈罠回避〉	→ 引っかかる!
〈罠発動値〉+2D6	<	キャラの〈罠回避〉	→ 回避できる!

III 冒険が終わったら、次の冒険の準備だあ！

1 レベルアップできた？

ここからは、ゲームが終わった後のルールです。もし、すぐにでもゲームをしたい方は、ここはとばして、2章のダンジョン探検に進んでください（300ページ）。そして、ダンジョン探検が終わってから、この後を読んでもいいですよ。

＊　＊

依頼を解決したら、ゲームは終わりです。

モンスターを倒した？　宝箱もゲットできた？

まず、経験値の計算をして、レベルアップしているかどうか、確かめてみましょう。

◆モンスターのレベル×10点。

モンスター1体を倒した経験値は、次の通り。

【例】レベル5のモンスター1体だったら、50点。2体ならば、50×2で100点。

倒したモンスターすべての経験値を足して、これをパーティの人数で割った数（小数点以下切り捨て）がひとりあたりの経験値になります。たとえば100点で、パーティの人数が3人ならば、ひとり33点になるわけです。

依頼を解決した結果の経験値（以下、依頼解決経験値）は、シナリオごとに違います。

モンスターを倒した経験値＋依頼解決経験値を、キャラシートの〈⑧経験値〉に足します。

たとえば、レベル1のパステルさんの場合、ゲームを始める前は、経験値は0点でした。ゲームをして、モンスターの経験値33点、依頼解決経験値100点を得たならば、経験値は0点＋33点＋100点で133点になります。

319ページの経験値表を見て、レベルアップしているかどうか、確認します。100点以上はレベル2なので、パステルさんは、みごとレベルアップです！

みんなで「レベルアップおめでとうの歌」を歌いましょ♪

ゲーム終了後、気絶してたり、毒のダメージを受けているキャラは経験値をもらえますが、死亡しているキャラは、悲しいことに経験値をもらえません。くすん。

2 準備は万たん、おこたりなく！

①キャラシートを書き直そう

レベルアップしたら、新しいレベルのデータを新しいキャラシートに書きます。データは、326ページからのキャラクターデータを見てください。

ただし、次の項目は、前のキャラシートに書いてある内容をそのまま書き写してください。

・〈③戦闘能力値〉の〈防御力〉。
・〈⑥カルマ〉。
・〈⑧経験値〉。
・〈⑨アイテム(武器、防具も)と所持金〉。シロちゃんはSPが20点に回復。
・〈⑩戦闘用チャート〉の〈武器の名前〉〈ダメージ〉〈防具の名前〉〈防御力〉〈合計防御力〉。
・〈⑩戦闘用チャート〉の〈合計ダメージ〉は、〈追加D〉が新しい数値になっている可能性があるので、〈ダメージ〉＋〈追加D〉の数値を書く。
・毒のダメージを受けている時は、そのことも。
・もしも、2章のダンジョンでゲットした「〈知力〉が1点上がる指輪」（318ページ参照）などをはめている時は、その数値を1点足します。

残念ながらレベルアップしていない場合は、今まで使っていたキャラシートをそのまま使います。

ただし、次の項目は、書き直してください。

・〈⑦フォーチュン・ポイント(FP)〉は1に。
・〈⑨アイテム〉のシロちゃんはSPが20点に回復。

②おかいもの、おかいもの

次のゲームをする前には、そうお約束の、おかいものです！（51ページ参照）

実は、2章のダンジョンの近くに、シルバーリーブに似たいい街があるんですよ。その名をオハラといいます。宿屋、アイテムショップ、武器・防具屋、さらに、復活もしてくれる寺院があるんです。それぞれのお店、寺院については、次ページの「風の街"オハラ"タウンマップ」を見てください。

レベルアップできなかったキャラは、HP、MPを回復させるため、まず宿屋「西風の隼亭」で休むか、寺院「ジェントル・ブリーズ」で治療しましょう。また、死亡、あるいは毒のダメージを受けているキャラは寺院「ジェントル・ブリーズ」に直行！

パステルさんたちのパーティは僧侶がいないので、アイテムショップ「リトルベル」で、薬草や毒消しなどの回復アイテムを必ず補充しましょう。

所持金がたくさんあれば、武器・防具の店「ゲール」で、新しい武器・防具を買い、攻撃力・防御力を高めておくとよいです。2章のダンジョンはレベルが上がれば上がるほど、強いモンスターが出てくるからです。ただし、武器・防具は、装備可能な必要体力、必要器用、さらに装備可能キャラという条件があるので、買う時に要注意！（322ページ参照）

アイテム（武器・防具も）を買ったら、〈⑨アイテム〉に書きます。武器・防具の場合は、〈⑩戦闘用チャート〉の〈武器の名前〉〈ダメージ〉〈合計ダメージ〉〈防具の名前〉〈防御力〉にも書き、〈合計防御力〉を書き直します。特に、防具を買った時は、〈③戦闘能力値〉の〈防御力〉の数値を書き直すことを忘れないように！　また、使った金額を〈⑨所持金〉から引くこともね!!

所持金が足りなかったら、ダンジョンで手に入れたアイテムを売ることもできます。ただし、売り値の半額になります。クレイさんの竹アーマーなど、非売品は残念ながら売れません。え？　べ、べつに竹アーマーは下取りするほどの価値がないとか、そういうわけじゃないですよ。念のため。

準備万たん整ったら、再び、2章のダンジョン探検に出かけましょう！

風の街“オハラ”タウンマップ
ホーキンス山のふもとにあるオハラは、山おろしの風が吹き抜ける小さな街です。冒険者に人気の店がいろいろそろってます。
※冒険者支援グループ発行「冒険者ハンドブック」から抜粋。
寺院　ジェントル・ブリーズ
ヒール（HP回復）、解毒（毒消し）、復活は当寺院で！　お仲間が死んじゃった方、また、笑い病のせいで「気絶状態」な方、紅白キノコのせいで体が紅白になった方も、一発解決！くわしい治療内容、金額は319ページを。
武器・防具の店　ゲール
店に置いてある品物、金額などは322ページから324ページを。装備可能な必要体力、必要器用、装備可能キャラには、くれぐれもご注意！　アイテム（武器・防具も）を売りたい人も大歓迎！　ただし売り値の半額。
アイテムショップ　リトルベル
店に置いてある品物、金額などは320ページから321ページを。罠解除に自信のない方、宝箱を1000Gで開けます！　アイテム（武器・防具も）を売りたい人も大歓迎！　ただし売り値の半額。
←ダンジョンへ
宿屋　西風の隼亭
ひとり1泊、たったの150G！　1泊泊まれば、MPは全回復し、HPは1D6回復！
【方法】サイコロを1個振り、その出目を〈④HP〉に足し、〈⑤MP〉を元の数値に戻します。

2章

わくわくどきどきのダンジョン探検に出発！

《オリジナル・シナリオ》

1　まずは、準備、準備！

早く、フォーチュン・クエストＴＲＰＧ（以下、ＦＱＴＲＰＧ）を始めたかったあなた。お待たせ。パステルさんたちのように、ダンジョン探検に出かけましょ！

でも、その前に。このシナリオはＧＭはいなくても遊べるように作ってあります。でも、最低でもキャラクター（以下、キャラ）がふたり必要です。お友達に声をかけましょう。

探検前には、次のことを準備してください。

1　必要なものを用意する。それは、

・336ページのキャラクターシート（以下、キャラシート）を拡大コピーしたもの（人数分）

・6面体のサイコロ　2個

・鉛筆と消しゴム（人数分）

・305ページのダンジョン・マップの拡大コピー

・お菓子や飲み物！

2　キャラを選ぶ（259ページ参照）。

3　キャラのデータを、キャラシートに書く（260ページ、左

の表を参照)。

最初はレベル1からスタートするのがおすすめです。レベルが上がると、強いモンスターがうようよ出てくるようになります。慣れない上に、強敵!すぐ気絶しちゃうなんて、ヤですよね。

また、パーティの中では、レベルは同じに。つまり、レベル1なら、全員レベル1に。

4 GM役を決める。GMがいなくてもできるシナリオなので、GM役と書かれてある状況説明やモンスターの攻撃などは、キャラのひとりが代わりにやってくださいね。がんばれ!

準備万たん、整ったら、次ページへ!

キャラクターデータの見方

・レベルを決めたら、該当するレベルの〈②基本能力値〉から〈⑨アイテムと所持金〉までのデータをキャラシートに書き写す。

・〈⑩戦闘用チャート〉は、レベル1の場合は書き方例が載っているので、そのまま書き写す(パステルは262ページ参照)。ただし、トラップと、レベル2以上については、270ページを見て書くこと。

・ルーミィの場合は、〈⑪魔法〉のデータ、トラップの場合は〈⑫盗賊技能〉のデータも、キャラシートに書き写す。

	レベル1	レベル2	レベル3	レベル4	レベル5
④HP	13	16	17	20	23
⑤MP	9	10	11	12	13
⑥カルマ	0	1	2	2	3
⑦FP	1	1	1	1	1
⑧経験値	0	100	300	600	1000
⑨所持金	0	200	300	400	500

②基本能力値	レベル1	レベル2	レベル3	レベル4	レベル5
体力	6	7	7	8	9
器用	5	6	7	7	8
敏捷	5	5	5	5	6
知力	5	5	5	6	6
感覚	4	4	5	5	5
魔力	4	4	4	4	4

③戦闘能力値	レベル1	レベル2	レベル3	レベル4	レベル5
命中	5	6	7	7	8
追加D	2	2	2	2	3
回避	12	12	12	12	13
防御力	3	3	3	3	7
魔法回避	9	9	9	9	10
罠回避	9	9	10	10	11

・防御力は装備している防具によって数値が変わる

⑨アイテム

レベル1~4	ロングソード(2D6)、竹アーマー(防御力3)
レベル5	ロングソード(2D6)、竹アーマー(防御力3)、ブレストプレイト(防御力4)

⑩戦闘用チャートの書き方例(レベル1の場合)

命中	武器の名前	ダメージ		追加D		合計ダメージ
5	ロングソード	2D6	+	2	=	2D6+2

回避	防具の名前	防御力	合計防御力	魔法回避
12	竹アーマー	3	3	9

2 どのようにダンジョンを探検するか？

①ダンジョン探検の目的を決めよう！

まず、GM役が次の文章を読みあげます。

GM役「君たちは、ホーキンス山の奥の、とある洞窟までやってきた。

洞窟は、のぞきこむ君たちを拒絶するかのように、闇一色で閉ざされている。

ポータブルカンテラの灯りをつけると、わずかに足もとと、数メートル先までが明るくなった。

しばらく黒い闇を睨みつけていた君たちだが、ひとつ深呼吸するとゆっくりと奥へ歩いていく。すぐ突きあたり、下へと向かう階段を見つけた。

降りると、巨大なダンジョンが広がっていた！」

キャラたちは、どんな依頼を受けて、このダンジョンにやってきたのか？

それを決めるために、サイコロを1個振ってください。振ったら、次ページの「ダンジョン探検目的」を見てください。

ダンジョン探検目的

*1D6の出目に該当するところを読んでください。
*サイコロを振るのは、誰でもよいです。
*二度目以降の探検の場合、
前と同じ目的になってしまったらサイコロを振り直してもかまいません。

●出目が「1」か「2」の場合

依頼内容:ゴブリンの盗賊団が隊商を襲っていた。君たちが駆けつけると、盗賊団は逃げ出したため、幸い隊商に怪我人は出なかった。だが、盗賊団は馬車から宝箱をひとつ奪っていた。商人たちに頼まれ、彼らを追って、この洞窟へとたどり着いた。
目的:奪われた宝箱を取り戻す

●出目が「3」か「4」の場合

依頼内容:ホーキンス山の洞窟に棲む「テカテカ・マイマイ」。それは暗闇で触角がぼうっと光るマイマイだという。アルデトロングという動物学者に頼まれて、その動物を捜しに、この洞窟へとやってきた。
目的:「テカテカ・マイマイ」の捕獲

●出目が「5」か「6」の場合

依頼内容:JBの世話役のコボルト娘がゴンゴルゾーラにさらわれてしまった。JBを始めコボルトたちは総出でコボルト娘を捜している。もちろん君たちも協力を申し出た。そして、あやしい洞窟を見つけたのだ。
目的:コボルト娘の救出

目的が決まったら、さっそくダンジョン探検です。どんなダンジョンなのか、GM役はみんなが見えるように、ダンジョン・マップ（次ページ）のコピーを広げましょう。つまり、このダンジョンではマッピングは不要です。

STARTと書かれてあるところが、階段を降りたところで、AからJは部屋になっています。●◎○などのマークは扉の種類を表してます。

②ダンジョン探検の方法と終了

階段を降りると、【部屋A】に出ます。

【部屋A】はどんな部屋でしょう？

【部屋A　「泉」】
階段を降りた先は、石の壁で覆われた四角い部屋だった。中央には、石造りの大きな泉がひとつあって、澄んだ水が涌き出ている。
■泉の水を調べるならば、★1（311ページ）へ

【部屋A】でできる行動は、2通りあります。

1　泉の水を調べる。

2　3つある扉のうちのひとつを選び、鍵開けをして、別の部屋に行く。

1を選んだら、★1を読み、その指示に従います。「～へ」という指示がなくなったら、また【部屋A】に戻ってきます。そして、2の行動を選びます。

泉を調べないで、いきなり2の行動でもいいです。

2を選んだら、扉の鍵開けに挑戦！　どんな扉かは、「扉について」（307ページ）を見てください。

鍵開けが成功し、通路に出たら、行く部屋を決めます。なお、一度開いた扉は、もう鍵開けの必要はありません。印をつけておきましょう。

新たな部屋に入ったら、「部屋リスト」（308ページ）の該当する部屋の説明を読んでください。

たとえば、部屋Eに入ったら、GM役が【部屋E】の説明を読みます。【部屋E】の探索が終わったら、別の部屋へ移動します。

ダンジョン探検はその繰り返しです。

探検の終了は、目的を果たした時。あるいは、全員が気絶状態になった時（この場合、経験値も手に入れたアイテムもすべてなくなります）。

306ページの「ダンジョン探検の注意点」を読んだら、さっそく【部屋A】からスタートしましょう！

ダンジョンマップ

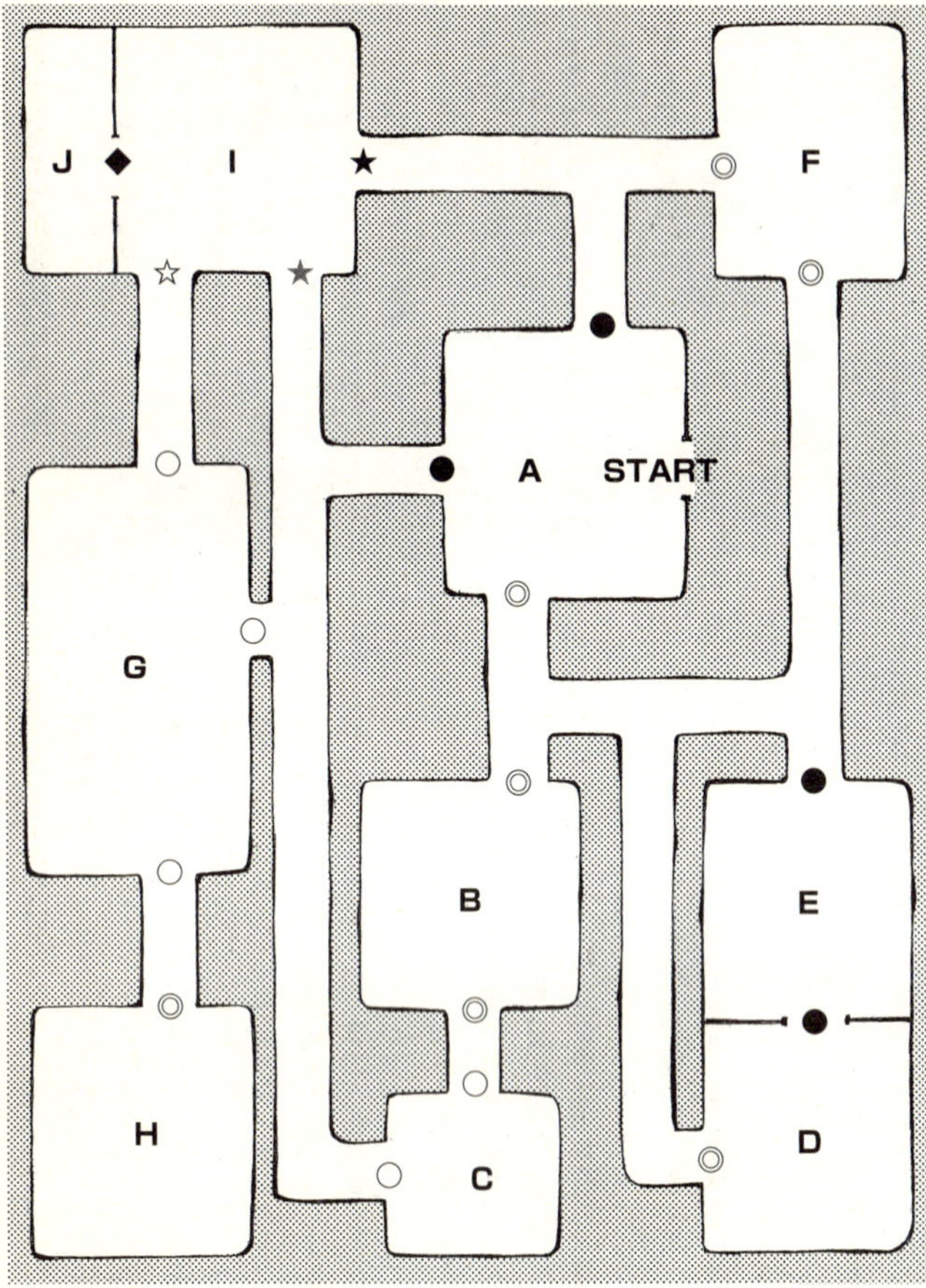

扉マーク説明
●:鉄の扉／◎:木の扉／○:壊れている
★:金の扉／★:銀の扉／☆:銅の扉／◆:最後の扉

ダンジョン作成:杉山正浩

3 ダンジョン探検の注意点

①ダンジョンレベルを決める

ダンジョンレベル（以下、ＤＬ）は、そのダンジョンの難易度を表しています。探検前に、ＤＬを決めてください。高いほど、難しくなります。

まず、キャラのレベルを全部足してください。次に、下の表を見て、ＤＬを決めてください。

たとえば、レベル1のキャラが5人ならば、ＤＬは0です。以後、ＤＬと書いてある場合は、この数値を当てはめてください。

レベル合計	2〜6	7〜12	13〜18	19〜24	25〜30
DL	0	1	2	3	4

②ダンジョンの大きさ

ダンジョンの通路は、どこも同じ幅で横にふたりまで並べます。

部屋は、どの部屋も6人が横に並ぶことができます。つまり部屋で戦闘になった時、全員が〈前列〉で戦うこともできるということです。

③モンスターについて

探検中にモンスターが出てくることもあります。その時は、３１６ページの「モンスター出現表」で戦うモンスターを決めます。この時、ＤＬの数値が必要になります。

戦うモンスターが決まったら、モンスターデータ（３３２ページ）の該当するモンスターのデータを見ながら戦ってください（戦闘方法は２７７ページ参照）。

このダンジョンでは、モンスターは、どんなにたくさん出現しても、〈前列〉には2体までしか並びません。〈前列〉の数が減った時だけ、〈後列〉から〈前列〉に移動します（モンスターの場合も、移動には1ラウンドかかる）。

モンスターの行動はＧＭ役が行いますが、モンスターがキャラを攻撃する時、誰を攻撃するかはサイコロで決めます。１Ｄ６で、１が出たらパステル、2が出たらノルとか、探検前に決めておきます。

そのため、直接攻撃武器しか持ってないモンスターが後列にいるキャラを指定することになる場合も

ありますす。その場合は、攻撃が当たらなかったことにします（命中判定の必要はなし）。

モンスターに勝つと宝箱を1個ゲットできるかも（316ページ参照）。行為判定を忘れずに！

④扉について

扉には、次の種類があります。扉○以外は、鍵開けに成功したり、必要な鍵を手に入れないと、扉は開かず、部屋の出入りはできません。

●…鉄の扉。鍵がかかっている。〈鍵開け〉の目標値は（16＋DL）。蹴破れない。
◎…木の扉。鍵がかかっている。〈鍵開け〉の目標値は（12＋DL）。蹴破るならば、次の行為判定を。キャラの〈体力〉＋2D6の数値が、目標値（14＋DL）と同じか、大きいと、成功。扉は壊れる。
○…蝶番から壊れていて、自由に通りぬけできる。鍵開けの必要なし。
★…金の扉。開けるには「金の鍵」が必要。
★…銀の扉。開けるには「銀の鍵」が必要。
☆…銅の扉。開けるには「銅の鍵」が必要。
◆…最後の扉。魔法の扉で、この扉の開け方は、探検しているうちにわかる。

鍵開けは、キャラの〈器用〉＋2D6の数値が、目標値と同じか、大きいと、成功。

鍵開けも扉の蹴破りも何度でも挑戦できます。

ただし、2回目以降は、判定する前に1D6。出目が「1」だと、背後からゴブリン（334ページ参照）が1匹現れて、戦闘になります！

⑤アイテムについて

探検中、手に入れたアイテムは、キャラシートの〈⑨アイテム〉に書いてください。武器・防具は〈⑩戦闘用チャート〉にも書くのを忘れないように。

探検の途中で、もしHPやMPが少なくなったり、毒にやられたりしたら、いつでもオハラの街（298ページ）に行けます。宿屋や寺院で回復したり、薬草や毒消しなどを買って、再び挑戦です！　所持金がない時は、ダンジョン内で得たアイテムなどを、オハラの街で売ることもできます。

4 部屋リスト

【部屋A「泉」】

階段を降りた先は石の壁で覆われた四角い部屋だった。中央には、石造りの大きな泉がひとつあって、澄んだ水が涌き出ている。

■泉の水を調べるならば、★1（311ページ）へ

【部屋B「祭壇」】

四角い部屋の西の壁には、どこかの宗派のものらしいシンボルマークが描かれており、その前に作られた雛壇には、赤青黄の3色の蝋燭が三角形になるように立てられている。

3本の蝋燭に囲まれた中心には、壁と同じシンボルが描かれた石造りの白い皿が置いてあった。

■蝋燭を灯してみるならば、★5（312ページ）へ

【部屋C「崩れた部屋」】

この小さな部屋は、すっかり壁が崩れてしまっている。壁際には土砂が積もり、部屋の中央に向かってへこんでいるため、まるでアリジゴクの巣のように見えた。

■部屋を探索するならば、★12（314ページ）へ

【部屋D「困っているノーム」】

部屋の中央には小さな机と椅子が、隅には小さなベッドがあった。部屋を見まわしていると、薄暗がりから、白い髭を生やし分厚い眼鏡をかけたノームの老人がひょっこりと現れた。

■ノームに話しかけるならば、★2（311ページ）へ

【部屋E「書斎」】

この部屋はどうやら書斎のようだ。

小さな部屋だが、四方が書棚になっており、たくさんの本が並べられている。

■本棚を眺めるならば、★13（314ページ）へ

【部屋F「水没した部屋」】

■床が落ちて、部屋一面が水没していた。膝下まで水に浸かってしまいそうなほどの深さがある。

■部屋に入るなら、★14（315ページ）へ

【部屋G　「密林」】

その部屋は地熱のためか暖かく、密林が広がっていた。一歩踏みこむと、むせかえるような緑の匂いに包みこまれる。ツタやシダがうっそうと木々の間を覆い、ここが室内であることを忘れてしまいそうだ。

■部屋に入るなら、★15（315ページ）へ

【部屋H　「ガラクタ置き場」】

この部屋はどうやらガラクタ置き場のようだ。

■部屋を探索するならば、★8（313ページ）へ

【部屋I　「儀式の部屋」】

この部屋は、どうやら何かの儀式のための部屋のようだった。だが、今はその神聖な部屋は汚されてしまっている。中央にあった女神の像は、打ち倒されてコナゴナにされてしまっているし、壁にかけられたタペストリィも破られ、引き千切られてしまっていた。

部屋は今やモンスターにとっての棲家となっていたのだ！

＊探検の目的にあわせて、続きを読むこと。

●**奪われた宝箱を取り戻す**（出目1、2）

部屋には、ゴブリンが待ちかまえていた。彼らの背後に、隊商から盗んだ宝箱が置いてあるのが見える。だが、ゴブリンはおとなしくそれを返すつもりはないようだった。

ゴブリンは、「モンスター出現表」（316ページ）の12を見ること。戦闘に勝ったら、★7（313ページ）へ

●**「テカテカ・マイマイ」の捕獲**（出目3、4）

部屋の隅にぼうっと明るく光るところがあって、なにやら小さな動物がそこでうごめいている。だが、長く観察することはできなかった。モンスターが君たちを昼飯にしようと待ちかまえていたのだ！

出現するモンスターは、「モンスター出現表」（316ページ）で決める。戦闘に勝ったら、★9（313ページ）へ

●**コボルト娘の救出**（出目5、6）

「入ってきちゃ、だめです！」

部屋の隅に転がされていたコボルト娘が叫んだ。

だが、その時にはゴンゴルゾーラは武器をかまえて、君たちに襲いかかってきていた！

ゴンゴルゾーラは、「モンスター出現表」（316ページ）の10を見ること。2匹の場合は、〈前列〉に2匹（武器はこん棒）。3匹以上の場合は、〈前列〉に2匹（武器はこん棒）、〈後列〉に1匹以上（武器は弓）。

戦闘に勝ったら、★11（314ページ）へ

●目的を果たした後ならば

◆最後の扉…鉄製の両開きの大きな扉。鍵穴らしきものがなく、扉には大きな絵が描かれている。中央には威風堂々とした騎士が剣をかまえており、右には姫君が、左にはローブを羽織った老人が立っている。騎士の剣の柄、姫君の胸もとのブローチ、老人の杖の先には、それぞれ赤、青、黄色のメダルがはめ込めるようになっており、3つのメダルをはめれば、この扉は開き、部屋Jに入れる。

【部屋J　「宝物庫」】

この部屋はどうやら宝物庫らしかった。壁には、訪れた者へのメッセージが残されている。

「この神殿を訪れるのも、わたしが最後だろう。

だが、もしかしたら遠い未来にここを訪れる者がいるかもしれない……。

願わくば、この部屋に残されたものが、騎士の勇気と姫君の優しさと賢者の知恵を備える者の手に渡ることを祈る」

部屋には、3つの宝箱がある。すべて鍵がかかっていて、鍵開けの目標値は順に14、15、16である。罠はない。成功したら、宝物をもらえる。宝箱の中身は、「特別な宝物表」（318ページ）を見ること。

5 指示リスト

★1（泉の水を調べる）

調べたキャラの〈知力〉＋2D6で、行為判定を行う。目標値は12。

・12未満は失敗……あなたはこの泉について、何もわからなかった

・12以上は成功……これは回復の泉だ。一口飲むだけで、HPもMPも全回復する。ただし、この部屋の外で水を飲んでも、その効果はない。

★2（ノームに話しかける）

話しかけたキャラの〈カルマ〉＋2D6で、行為判定を行う。目標値は5。

・5未満……ノームは「おまえたちは信用できそうもないな！」と叫ぶと、機嫌をそこねて、どこかへ行ってしまった。他の部屋を探索してから戻るまでノームは出てこない。

・5以上……パーティが青いメダルを持っていなければ、ノームが依頼をしてくる。★6（312ページ）へ

青いメダルをすでに持っている場合は、「おまえたち、わしのスープを飲んでいくかね」と暖かいスープをおごってくれる。全員HPが各1点だけ回復。

★3（戦闘に勝利！）

モンスターを倒した君たちは、部屋の隅に古ぼけた鍵がひとつ落ちているのを見つけた。

1D6をして、見つけた鍵を決める。

・出目が1、2…金の鍵

・出目が3、4…銀の鍵

・出目が5、6…銅の鍵（鍵はすべて非売品）

鍵は何本もあり、同じ種類の鍵を何本も集めることになる可能性もある。

ノームの依頼を果たしたなら、★4へ

★4（ノームのお礼）

ノーム「おお、書斎の怪物を倒してくれたか！　ありがたい！　これでわしもゆっくりと読書と思索にふけることができるわい……。これはこのダンジョンでわしが昔見つけたものだ。きっと何かの役に立つだろう。とっておくがいい」

「青いメダル」（非売品）を手に入れた！

★5（蝋燭を灯してみる）

●赤い蝋燭を灯してみるならば、

・赤いメダルを持っていない場合

「おまえはまだ資格を手に入れていない」という声が聞こえる。

・赤いメダルを持っている場合

白い皿の上に赤い鎧を着た小さな騎士が現れ、語りかける。

「おまえは資格を手に入れた。騎士はおまえに忠誠を尽すだろう」

●青い蝋燭を灯してみるならば、

・青いメダルを持っていない場合

「あなたはまだ資格を手に入れていません」という声が聞こえる。

・青いメダルを持っている場合

白い皿の上に青いドレスを着た小さな姫君が現れ、語りかける。

「あなたは資格を手に入れました。姫は心よりあなたを慕います」

●黄色い蝋燭を灯してみるならば、

・黄色いメダルを持っていない場合

「汝はまだ資格を手に入れていない」という声が聞こえる。

・黄色いメダルを持っている場合

白い皿の上に黄色いローブを着た小さな老人が現れ、語りかける。

「汝は資格を手に入れた。賢者は汝を導くだろう」

★6（ノームの依頼）

丁寧な物腰を信用し、ノームが依頼をしてくる。

「どうやら、おまえさんがたは信用できそうな冒険者らしいな。わしは、ノームにして発明家のライプニングというものだ。

ふむ。おまえたち、わしのちょっとした頼みを聞いてくれる気はないかね？

なに、簡単な話だ。この北の扉の向こうの部屋は、わしの書斎なのだが、最近モンスターが棲みついてしまってな。このままでは、安心して読書もできんのだ。

どうだ？　モンスターを退治してくれたら、お礼に綺麗なメダルをやろう」

キャラクターたちが承知するならば、部屋Eとの間の扉の鍵を渡してくれる。★【部屋E】（308ページ）へ

★7（戦闘に勝利！）

ゴブリンを倒した君たちは、隊商の宝箱を取り返した。★16（315ページ）へ

★8（部屋を探索する）

探索したキャラの〈感覚〉＋2D6で、行為判定を行う。目標値は12＋DL。

・12＋DL未満は失敗……再度探したい場合は、一度他の部屋を探索してから、この部屋にくること。

・12＋DL以上は成功……ガラクタの山から、「赤いメダル」（非売品）を手に入れた！

★9（戦闘に勝利！）

部屋の隅の妙にぴかぴかと光っているところに近づいて見ると、そこは「テカテカ・マイマイ」の巣だった。★16（315ページ）へ

★10（部屋を探索する）

探索したキャラの〈感覚〉＋2D6で、行為判定を行う。目標値は12＋DL。

・12＋DL未満は失敗……再度探したい場合は、一度他の部屋を探索してから、この部屋にくること。

・12＋DL以上は成功……部屋の隅から「黄色いメダル」（非売品）を見つけた！

★11（戦闘に勝利！）

ゴンゴルゾーラを倒した君たちは、部屋の隅に縛られていたコボルト娘を助け出した。

「ありがとうございます！　この恩は忘れませんわ！」

瞳をうるませ、シッポをふるふると振って、コボルト娘は君たちに感謝する。★16（315ページ）へ

★12（部屋を探索しようとすると）

土砂に隠れていたモンスターと戦闘になる。この部屋は、入るたびにモンスターが出現する。「モンスター出現表」（316ページ）で、戦うモンスターを決めること。戦闘に勝ったら、★10（313ページ）へ

★13（本棚を眺めると）

背拍子を読むと変わったタイトルの本が目についた。『トンボはなぜ飛べるか。飛行の謎』『ゼンマイと歯車を用いたノーム式キッチンの自作について』『目玉焼きを両面焼きにする方法』などだ。本を開いても、複雑な数式と図面が並んでいて、内容はさっぱり理解できない。

その時、陰からモンスターが飛び出してきた！

この部屋は入るたびにモンスターが出現する。「モンスター出現表」（316ページ）で、戦うモンスターを決めること。不意打ちされて、最初の〈イニシアチブ〉を失う。戦闘に勝ったら、★3（311ページ）へ。

ノームに依頼されて、部屋に入ったならば、ノームに話しかけたキャラの〈感覚〉＋2D6で、行為判定を行う。目標値は13＋DL。成功すれば、不意打ちを食らわずにすむ。

★14（部屋の中に入ると）
水の中に隠れていたモンスターと戦闘になる。この部屋は、入るたびにモンスターが出現する。「モンスター出現表」（316ページ）で、戦うモンスターを決めること。戦闘に勝ったら、★3（311ページ）へ

★15（部屋の中に入ると）
密林に隠れていたモンスターと戦闘になる。この部屋は、入るたびにモンスターが出現する。「モンスター出現表」（316ページ）で、戦うモンスターを決めること。戦闘に勝ったら、★3（311ページ）へ

★16（探検の目的を果たしたら）
探検の目的を果たしたので、これでゲームを終わらせることもできる。その場合は★17へ
引き続き、他の部屋を探索することもできる。その場合、【部屋Ⅰ】の「目的を果たした後ならば」（310ページ）へ。ただし、その後、全員気絶状態になると、探検の目的も果たせなかったことになり、経験値も手に入れたアイテムも失うので要注意。
いつでもゲームを終わらせたい時は、★17へ

★17（ゲームを終わらせるならば）
ゲームを終わらせるならば、依頼解決経験値として、ひとりあたり100点もらえる。296ページの「レベルアップできた？」以降を読もう。

コボルトのFQTRPGコラム

★ダンジョン種明かし

＊探検が終わってから読みましょう

このダンジョンは、今は信者のいなくなってしまった、とある教団の隠れ神殿でした。

今は寂れてしまい、さらに、あちこちにモンスターが棲みついてしまっています。メダルも鍵も、かつてここを訪れた信者のものでした。

信者は、部屋Bで祈りを捧げてから、本殿（部屋I）に参拝するようになっていました。

部屋G、部屋Fは、見知らぬ訪問者を帰すためのもので、普通の信者たちがこの部屋を通ることはありませんでした（神殿の管理者は別です）。

なお、ノームの部屋（D）と書斎（E）は、後から棲みついたノームが造り変えたものです。

モンスター出現表

＊出てくるモンスターの決め方。サイコロを2個振り、その出目にDLの数値（P306参照）を足す（2D6+DL）。その数値に該当するモンスターが出る。たとえば2D6が7で、DLが0の場合、7なので、スケルトンが出現。

＊出てくるモンスターの数の決め方。最低でも1体は出る。DLが1以上の時は、その数値を足した数出てくる（1+DL）。たとえばDLが3で、2D6が3の場合、6なので、ゾンビが4体出現する。ただし、グラスクロプス、ジャイアント・ウォームはDLに関係なく、いつも出現するのは2体。

＊モンスターのデータは、P332参照。戦闘はP277参照。

＊戦闘に勝ったら、宝箱を発見できるかの行為判定をする（誰でもいい）。成功したら、宝箱を1個発見できる。宝物は「宝箱表」（P317）で決める。

2D6+DL	モンスター名（出現する数）
2	失敗！　もう一度サイコロを振る
3	ドーラ（1+DL）
4	ポイズン・スネイク（1+DL） 勝って、〈感覚〉+2D6≧16ならば、宝箱発見！
5	紅白キノコ（1+DL） 勝って、〈感覚〉+2D6≧15ならば、宝箱発見！
6	ゾンビ（1+DL） 勝って、〈感覚〉+2D6≧14ならば、宝箱発見！
7	スケルトン（1+DL） 勝って、〈感覚〉+2D6≧13ならば、宝箱発見！
8	リズー（1+DL） 勝って、〈感覚〉+2D6≧12ならば、宝箱発見！
9	雪猿（1+DL） 勝って、〈感覚〉+2D6≧11ならば、宝箱発見！
10	ゴンゴルゾーラ（1+DL） 勝って、〈感覚〉+2D6≧10ならば、宝箱発見！
11	グラーナ族（1+DL） 勝って、〈感覚〉+2D6≧9ならば、宝箱発見！
12	ゴブリン（1+DL） 勝って、〈感覚〉+2D6≧8ならば、宝箱発見！
13	グラスクロプス（2） 勝って、〈感覚〉+2D6≧7ならば、宝箱発見！
14～	ジャイアント・ウォーム（2） 勝って、〈感覚〉+2D6≧7ならば、宝箱発見！

宝箱表

*宝箱すべてには、次の罠が仕掛けられている。罠についてはP292参照。

爆弾:罠発見値:15+DL／罠解除値:17+DL／罠発動値:4+DL

効果:発見や解除に失敗した場合は、爆発し、1D6のダメージを与える(防御力無効)。爆発した場合、宝はなくなってしまう。

【例】罠発見は、キャラの〈感覚〉+2D6≧罠発見値ならば、成功!

罠解除は、キャラの〈器用〉+2D6≧罠解除値ならば、成功!

罠発動は、〈罠発動値〉+2D6≧キャラの〈罠回避〉ならば、罠に引っかかる!

爆発したら、サイコロを1個振り、その出目が5ならば、キャラのHPから5を引く。

*罠解除に自信がない時は、宝箱を開けずに持ちかえることも可能。アイテムショップ「リトルベル」で1000G払えば開けてくれる(P299参照)。開けてもらった段階で、中身を決めること。

*中身の決め方:罠解除に成功したら、サイコロを2個振り、その数値にDLの数値(P306参照)を足す(2D6+DL)。その数値に該当する宝物をゲットできる。

【例1】2D6が7で、DLが0の場合、7。さらに2D6し、それが5の場合、50G×5で250Gもらえる。

【例2】2D6が9で、DLが3の場合、12。まず1D6する。それが3の場合、500G×3で1500Gもらえる。さらに「特別な宝物表」(P318)の宝物を2個ゲットできる(中身を決めるため、2回サイコロを振れるということ)。中身は「特別な宝物表」で決める。

*宝石は、オハラの店(P298参照)で売ることができる。売値は、書かれた金額。

2D6+DL	宝箱の中身
2	からっぽ
3~5	1G×2D6
6	10G×2D6
7	50G×2D6
8	宝石(500Gの価値)1個
9	100G×2D6
10	200G×1D6、宝石(500Gの価値)1個
11	300G×1D6、「特別な宝物」1個
12~	500G×1D6、「特別な宝物」2個

特別な宝物表

*罠はない。

*中身の決め方:サイコロを2個振り、その数値にDLの数値(P306参照)を足す(2D6+DL)。その数値に該当する特別な宝物をゲットできる。

【例1】2D6が7で、DLが0の場合、7。薬草を2個もらえる。

【例2】2D6が8で、DLが3の場合、11。1D6する。それが3の場合、ココの実1個もらえる。

*宝物はオハラの店(P298参照)で、半額で売ることができる。宝物の金額、効果などは、アイテムはP320、武器・防具はP322を見てください。

*15以上の数値の指輪は、店では売ってないアイテムです。使い方は、「〈知力〉が1点上がる指輪」の場合、指輪をはめると、そのキャラの〈知力〉を1点増やせる。〈②基本能力値〉の〈知力〉の数値を1点増やす。指輪をはずすと元の数値に戻る。「〈カルマ〉が1点上がる指輪」も同じ。

2D6+DL	特別な宝物の中身
2	1D6(1:折れたロングソード、2:刃のこぼれたダガー、3:弦の切れた弓、4:破れたローブ、5:腐った薬草、6:濁ったマジックポーション。すべて売却価格0。使いモノにならない)
3~4	薬草1個
5	毒消し1個
6	ホーリースプレー1、1個
7	薬草2個
8	マジックポーション1個
9~10	1D6(1、2:杖、3、4:こん棒、5、6:クワ)
11	1D6(1、2、3:ココの実1個、4、5、6:ハイパー薬草1個)
12	1D6(1:腐った竹アーマー〔売却価格0〕、2:ローブ、3:ダガー、4:パチンコ、5:レザージャケット、6:ショートソード)
13	1D6(1:壊れたショートソード〔売却価格0〕、2:布アーマー、3:レザーアーマー、4:ハンドアックス、5:メイス、6:スピア)
14	1D6(1:壊れたスピア〔売却価格0〕、2:弓、3:バトルアックス、4:クロスボウ、5:ロングソード、6:シールド)
15~	1D6(1:ガラスの指輪〔売却価格0〕、2:ブレストプレイト、3:チェインメイル、4:プレイトメイル、5:〈知力〉が1点上がる指輪〔非売品〕、6:〈カルマ〉が1点上がる指輪〔非売品〕)

3章
キャラクターも
モンスターも
これでバッチリ!
《データ・リスト》

経験値表

(P296参照)

レベル	1	2	3	4	5
経験値	0〜99	100〜299	300〜599	600〜999	1000〜1499

寺院　ジェントル・ブリーズ

寺院で行える治療(P299参照)

治療	金額	効果・方法
ヒール1	100G	HPが1D6回復。治療したいキャラクター(以下、キャラ)はお金を払って、サイコロを1個振る。その値だけHPが回復。
ヒール2	200G	HPが2D6回復。方法はヒール1と同じ。
解毒	100G	お金を払えば解毒できる。
復活	10万G	死亡したキャラはお金を払って、〈復活判定〉をする。〈復活判定〉は、死亡したキャラの〈カルマ〉+2D6≧10で復活。たとえばカルマが1で、2個のサイコロの合計が7の場合は8なので、復活できない。復活できた時はHPもMPも1点に。宿屋で休もう。

薬草 回

100G	HPを1D6回復（1回分）

・持っているキャラクター（以下、キャラ）はサイコロを1個振る。その値だけHPが回復。

アイテムリストの見方

薬草 回

100G	HPを1D6回復（1回分）

・持っているキャラクター（以下、キャラ）はサイコロを1個振る。その値だけHPが回復。

- 回…回復アイテム
- 攻…攻撃アイテム
- 無印…その他のアイテム
- 金額と効果
- 使い方

・アイテムは戦闘中でも
戦闘以外の時も使える

ハイパー薬草 回

300G	HPを2D6回復（1回分）

・持っているキャラはサイコロを2個振る。その値だけHPが回復。

ココの実 回

200G	HPを1D6+2回復（1回分）

・持っているキャラはサイコロを1個振る。その値プラス2だけHPが回復（出目が3の時は5回復）。

毒消し 回

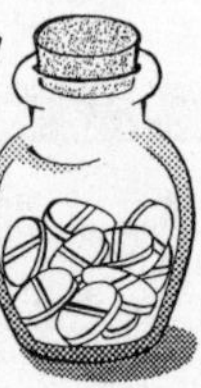

300G	毒を消し去る（1回分）

・持っているキャラは使えば、解毒できる。

マジックポーション 回

300G	MPを5回復（1回分）

・持っているキャラは使えば、MPが5回復。

アイテムショップ　リトルベル

ホーリー・スプレー1　㊙攻

200G	アンデッドに1D6ダメージ(5回分)

・アンデッド1体のみに有効。「聖水」と同じダメージを敵に与える。1ラウンドに1回しか使用できない。

聖水　攻

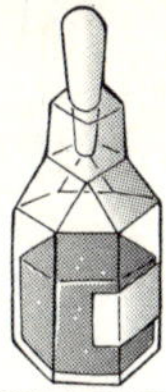

50G	アンデッドに1D6ダメージ(1回分)

・アンデッド1体のみに有効。持っているキャラはサイコロを1個振る。その値だけ敵1体にダメージを与える(敵の防御力は無効)。

「へい、親方」

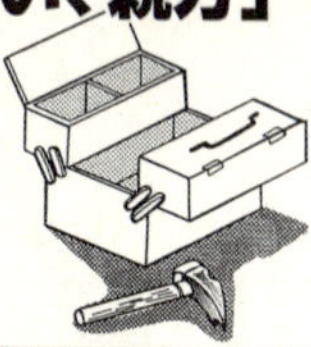

800G	工具セット

・簡単な大工仕事を行うことができる。ノルの必携品である。

ポータブルカンテラ

300G	灯り

・ダンジョンに入る時の必需品。10メートルほど先まで明るく照らしてくれる。

アイテムの注意点

・「1回分」と書かれたアイテムは、使ったら、キャラクターシートの〈⑨アイテム〉から消すこと。
・ホーリー・スプレー1は、5回使ったら、〈⑨アイテム〉から消すこと。
・「回復アイテム」は、他のキャラに使うことも可。たとえば、薬草を持っているキットンがサイコロを振り、ルーミィのHPを回復することもできる。
・「モンスターポケットミニ図鑑」で調べるのが成功するまでは、モンスターの名前などはわからないことになっている。つまり、ストップの魔法(P325参照)は「モンスターポケットミニ図鑑」で調べた後のみ有効になる。

モンスターポケットミニ図鑑

2000G	モンスターの名前などがわかる

・持っているキャラは〈知力〉による行為判定(目標値15)をする。成功すれば、モンスターの名前や弱点などを知ることができる。

杖 ㊄

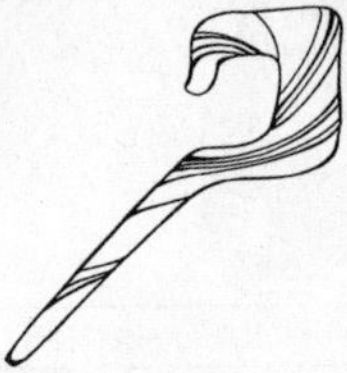

ダメージ	2D6−4	
500G	㊍ 4	両手

武器リストの見方

杖 ㊄

ダメージ	2D6−4	
500G	㊍ 4	両手

㊄…直接攻撃武器
㊈…飛び道具

・この武器が敵に与えるダメージ
・金額
・㊍…必要体力。キャラクター（以下、キャラ）の〈体力〉の数値がこの値以上でないと装備できない
㊕…必要器用。キャラの〈器用〉の数値がこの値以上でないと装備できない
・両手持ちか、片手持ちか。両手持ちの武器を持っている場合はシールドを装備できない

こん棒 ㊄

ダメージ	2D6−2	
500G	㊍ 6	片手

クワ ㊄

ダメージ	2D6−3	
1000G	㊍ 2	両手

ダガー ㊄

ダメージ	2D6−4	
2000G	㊍ 2	片手

メイス ㊄

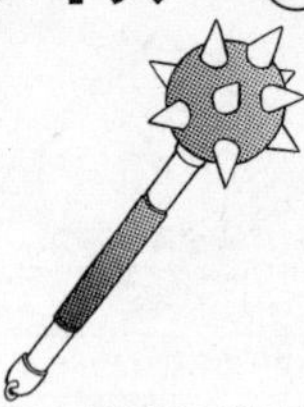

ダメージ	2D6−2	
7000G	㊍ 5	片手

スピア ㊄

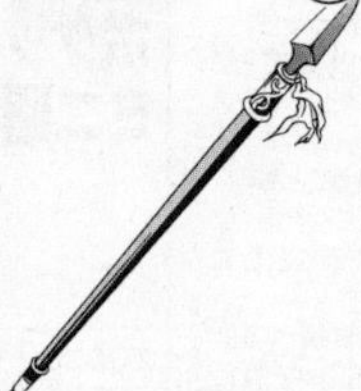

ダメージ	2D6−2	
7000G	㊍ 5	片手

ショートソード ㊄

ダメージ	2D6−2	
4000G	㊍ 4	片手

武器・防具の店　ゲール

ロングソード　(直)

ダメージ	2D6	
10000G	(体) 6	片手

バトルアックス　(直)

ダメージ	2D6	
9000G	(体) 8	片手

ハンドアックス　(直)

ダメージ	2D6−1	
6000G	(体) 7	片手

クロスボウ　(飛)

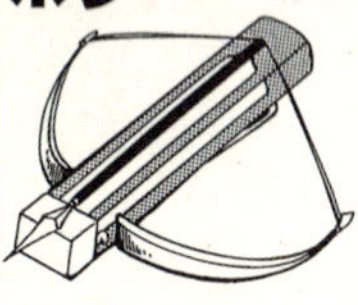

ダメージ	2D6−2	
10000G	(器) 5	両手

弓　(飛)

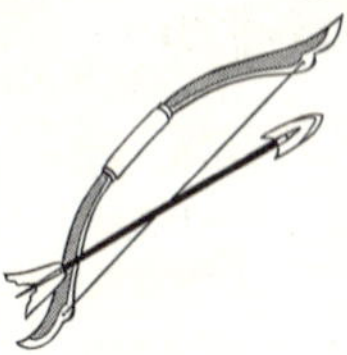

ダメージ	2D6−2	
8000G	(器) 6	両手

パチンコ　(飛)

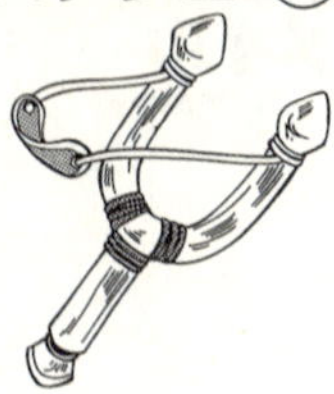

ダメージ	2D6−4	
2000G	(器) 4	両手

ローブ

防御力1	パクトキノル
1000G	(体) 4

防具リストの見方

ローブ

防御力1	パクトキノル
1000G	(体) 4

(楯)…楯

無印…鎧

・防御力…敵から攻撃を受けた時の防御力。キャラの〈防御力〉の数値は、防具の防御力を足した数値になる

・装備可能なキャラ（名前の1文字目）。ここに名前がないキャラはこの防具を装備できない

・金額

・(体)…必要体力。キャラの〈体力〉の数値がこの値以上でないと装備できない

・片手…シールドは片手持ち

武器の店　ゲール

武器・防具リスト（P299参照）

レザーアーマー

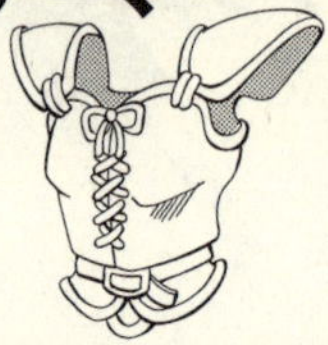

防御力4	パクトキノル
6000G	㊍ 7

布アーマー

防御力3	パクトキノル
4000G	㊍ 6

レザージャケット

防御力2	パクトキノル
3000G	㊍ 5

プレイトメイル

防御力10	クノ
50000G	㊍ 13

チェインメイル

防御力5	パクキノ
40000G	㊍ 8

ブレストプレイト

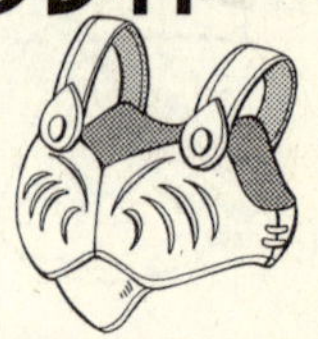

防御力4	パクキノ
25000G	㊍ 7

防具の注意点

・防具を装備したら、キャラクターシートの〈③戦闘能力値〉の〈防御力〉の数値を〈合計防御力〉の数値に変更すること。
・鎧は［竹アーマー（防御力3）とブレストプレイト（合計防御力7）］、［チェインメイルとブレストプレイト（合計防御力9）］の組み合わせのみ装備可能。シールドは、片手持ちの武器であれば装備可能（ただしクレイとノルのみ）。〈⑩戦闘用チャート〉の書き方例は下の通り。

防具の名前	防御力
竹アーマー	3
シールド	1

合計防御力
4

シールド (盾)

防御力1	クノ	
20000G	㊍ 4	片手

魔法（ルーミィの能力）

P282参照

魔法	魔法命中値	消費MP	効果・使い方（魔法は、戦闘中のみ使える）
ファイアー1	4	3	敵1体に炎のダメージ（1D6）を与える。サイコロを1個振る。その値だけ敵1体にダメージを与える（敵の防御力は無効）。
コールド1	4	3	敵1体に冷気のダメージ（1D6）を与える。サイコロを1個振る。その値だけ敵1体にダメージを与える（敵の防御力は無効）。
ストップ	4	5	敵1体を1回休みにする。そのモンスターの名前を言わなくてはいけない（「モンスターポケットミニ図鑑」でモンスターを調べた後であること）。ストップがかかった敵は、魔法がかかった瞬間から次の自分の行動が終わるまで何もできない（回避、魔法回避も）。
フライ	—	13	その戦闘終了までか、「やめる」と宣言するまで、味方1体を飛翔させる。魔法命中判定なし（必ず成功）。飛翔させている間、ルーミィは何もできない（回避、魔法回避も）。飛翔しているキャラクターは直接攻撃武器での攻撃はできない。また、敵の直接攻撃武器での攻撃のみ回避できる。

盗賊技能（トラップの能力）

P294参照

鍵開け	罠発見	罠解除	聞き耳	忍び歩き	隠れる	壁登り
器用＋4	感覚＋4	器用＋4	感覚＋4	敏捷＋4	敏捷＋4	敏捷＋4

シロちゃんの特殊能力

P272参照

能力	消費SP	効果・使い方（戦闘中のみ使える）
熱いのデシ	5	敵1体に炎のダメージ（2D6）を与える。使い方は魔法と同じ。魔法命中値は7。命中したらサイコロを2個振る。その値だけ敵1体にダメージを与える（敵の防御力は無効）。
まぶしいのデシ	3	明るい聖なる光で敵全体の目をくらます。使い方は魔法と同じ。魔法命中値は4。魔法回避できなかった敵は1回休み（ストップと同じ状態）。
もう一度がんばるデシ	5	味方1体にフォーチュン・ポイント（P269参照）を1点与える。

※SPはシロちゃんポイント

キャラクターデータ

パステルのデータ

職業:詩人兼マッパー

	レベル1	レベル2	レベル3	レベル4	レベル5
④HP	11	12	15	16	19
⑤MP	9	10	11	12	13
⑥カルマ	0	1	1	2	2
⑦FP	1	1	1	1	1
⑧経験値	0	100	300	600	1000
⑨所持金	0	200	300	400	500

②基本能力値	レベル1	レベル2	レベル3	レベル4	レベル5
体力	5	5	6	6	7
器用	6	6	6	7	7
敏捷	5	6	6	6	7
知力	5	5	6	6	6
感覚	4	5	5	6	6
魔力	4	4	4	4	4

③戦闘能力値	レベル1	レベル2	レベル3	レベル4	レベル5
命中	6	6	6	7	7
追加D	1	1	2	2	2
回避	12	13	13	13	14
防御力	0	0	3	3	4
魔法回避	9	10	10	10	11
罠回避	9	11	11	12	13

・防御力は装備している防具によって数値が変わる

⑨アイテム

レベル1、2	クロスボウ(2D6−2)、ポータブルカンテラ
レベル3、4	クロスボウ(2D6−2)、ショートソード(2D6−2)、布アーマー(防御力3)、ポータブルカンテラ
レベル5	クロスボウ(2D6−2)、ショートソード(2D6−2)、レザーアーマー(防御力4)、ポータブルカンテラ

⑩戦闘用チャートの「攻撃」の書き方例(レベル3の場合)

攻撃

命中
6

武器の名前	ダメージ
クロスボウ	2D6−2
ショートソード	2D6−2

＋

追加D
2

＝

合計ダメージ
2D6
2D6

・レベル1の場合はP262参照

キャラクターデータ

クレイのデータ

職業:ファイター

	レベル1	レベル2	レベル3	レベル4	レベル5
④HP	13	16	17	20	23
⑤MP	9	10	11	12	13
⑥カルマ	0	1	2	2	3
⑦FP	1	1	1	1	1
⑧経験値	0	100	300	600	1000
⑨所持金	0	200	300	400	500

②基本能力値	レベル1	レベル2	レベル3	レベル4	レベル5
体力	6	7	7	8	9
器用	5	6	7	7	8
敏捷	5	5	5	5	6
知力	5	5	5	6	6
感覚	4	4	5	5	5
魔力	4	4	4	4	4

③戦闘能力値	レベル1	レベル2	レベル3	レベル4	レベル5
命中	5	6	7	7	8
追加D	2	2	2	2	3
回避	12	12	12	12	13
防御力	3	3	3	3	7
魔法回避	9	9	9	9	10
罠回避	9	9	10	10	11

・防御力は装備している防具によって数値が変わる

⑨アイテム

レベル1～4	ロングソード(2D6)、竹アーマー(防御力3)
レベル5	ロングソード(2D6)、竹アーマー(防御力3)、ブレストプレイト(防御力4)

⑩戦闘用チャートの書き方例(レベル1の場合)

命中	武器の名前	ダメージ		追加D		合計ダメージ
5	ロングソード	2D6	+	2	=	2D6+2

回避	防具の名前	防御力	合計防御力	魔法回避
12	竹アーマー	3	3	9

トラップのデータ

職業:盗賊(シーフ)

	レベル1	レベル2	レベル3	レベル4	レベル5
④HP	9	12	13	16	17
⑤MP	9	10	11	12	13
⑥カルマ	0	−1	−1	−2	−2
⑦FP	1	1	1	1	1
⑧経験値	0	100	300	600	1000
⑨所持金	0	200	300	400	500

②基本能力値	レベル1	レベル2	レベル3	レベル4	レベル5
体力	4	5	5	6	6
器用	6	7	7	8	8
敏捷	6	6	7	7	8
知力	4	4	5	5	5
感覚	6	6	6	7	7
魔力	4	4	4	4	4

③戦闘能力値	レベル1	レベル2	レベル3	レベル4	レベル5
命中	6	7	7	8	8
追加D	1	1	1	2	2
回避	13	13	14	14	15
防御力	0	0	0	0	0
魔法回避	10	10	11	11	12
罠回避	12	12	13	14	15

・防御力は装備している防具によって数値が変わる

⑨アイテム

レベル1〜5	パチンコ(2D6−4)、盗賊の七つ道具

⑫盗賊技能(キャラクターシートに○をつけ、カッコの中の数値を書く/P271参照)

レベル1	鍵開け(10)、罠発見(10)、罠解除(10)
レベル2	鍵開け(11)、罠発見(10)、罠解除(11)、聞き耳(10)、忍び歩き(10)
レベル3	鍵開け(11)、罠発見(10)、罠解除(11)、聞き耳(10)、忍び歩き(11)、隠れる(11)
レベル4	鍵開け(12)、罠発見(11)、罠解除(12)、聞き耳(11)、忍び歩き(11)、隠れる(11)、壁登り(11)
レベル5	レベル4と同じ。忍び歩き、隠れる、壁登りの数値が12に。

キットンのデータ

職業：農夫

	レベル1	レベル2	レベル3	レベル4	レベル5
④HP	11	12	15	16	17
⑤MP	11	14	15	16	17
⑥カルマ	0	0	0	0	0
⑦FP	1	1	1	1	1
⑧経験値	0	100	300	600	1000
⑨所持金	0	200	300	400	500

②基本能力値	レベル1	レベル2	レベル3	レベル4	レベル5
体力	5	5	6	6	6
器用	5	5	5	6	6
敏捷	4	5	5	5	6
知力	7	7	8	8	9
感覚	5	5	5	5	5
魔力	5	6	6	6	6

③戦闘能力値	レベル1	レベル2	レベル3	レベル4	レベル5
命中	5	5	5	6	6
追加D	1	1	2	2	2
回避	11	12	12	12	13
防御力	0	0	0	0	0
魔法回避	9	11	11	11	12
罠回避	9	10	10	10	11

・防御力は装備している防具によって数値が変わる

⑨アイテム

レベル1	クワ(2D6−3)、薬草2個、モンスターポケットミニ図鑑
レベル2、3	クワ(2D6−3)、薬草2個、毒消し1個、モンスターポケットミニ図鑑
レベル4、5	クワ(2D6−3)、薬草3個、毒消し2個、モンスターポケットミニ図鑑

⑩戦闘用チャートの書き方例(レベル1の場合)

命中	武器の名前	ダメージ	+	追加D	=	合計ダメージ
5	クワ	2D6−3		1		2D6−2

回避	防具の名前	防御力	合計防御力	魔法回避
11			0	9

ノルのデータ

職業:運搬業

	レベル1	レベル2	レベル3	レベル4	レベル5
④HP	19	22	25	28	31
⑤MP	5	6	7	8	9
⑥カルマ	0	2	3	5	6
⑦FP	1	1	1	1	1
⑧経験値	0	100	300	600	1000
⑨所持金	0	200	300	400	500

②基本能力値	レベル1	レベル2	レベル3	レベル4	レベル5
体力	9	10	11	12	13
器用	6	6	7	7	8
敏捷	4	5	5	6	6
知力	4	4	4	4	4
感覚	5	5	5	5	5
魔力	2	2	2	2	2

③戦闘能力値	レベル1	レベル2	レベル3	レベル4	レベル5
命中	6	6	7	7	8
追加D	3	3	3	4	4
回避	11	12	12	13	13
防御力	0	0	0	2	2
魔法回避	6	7	7	8	8
罠回避	9	10	10	11	11

・防御力は装備している防具によって数値が変わる

⑨アイテム

レベル1〜3	ハンドアックス(2D6−1)、ポータブルカンテラ、「へい、親方」
レベル4、5	ハンドアックス(2D6−1)、レザージャケット(防御力2)、ポータブルカンテラ、「へい、親方」

⑩戦闘用チャートの書き方例(レベル1の場合)

命中	武器の名前	ダメージ	+	追加D	=	合計ダメージ
6	ハンドアックス	2D6−1		3		2D6+2

回避	防具の名前	防御力	合計防御力	魔法回避
11			0	6

キャラクターデータ

ルーミィのデータ

職業：魔法使い

	レベル1	レベル2	レベル3	レベル4	レベル5
④HP	7	8	9	10	11
⑤MP	15	20	25	28	33
⑥カルマ	0	1	2	2	2
⑦FP	1	1	1	1	1
⑧経験値	0	100	300	600	1000
⑨所持金	0	200	300	400	500

②基本能力値	レベル1	レベル2	レベル3	レベル4	レベル5
体力	3	3	3	3	3
器用	4	4	4	4	4
敏捷	5	5	5	5	5
知力	5	5	5	6	6
感覚	5	5	5	5	5
魔力	7	9	11	12	14

③戦闘能力値	レベル1	レベル2	レベル3	レベル4	レベル5
命中	4	4	4	4	4
追加D	1	1	1	1	1
回避	12	12	12	12	12
防御力	0	0	0	0	0
魔法回避	12	14	16	17	19
罠回避	10	10	10	10	10

・防御力は装備している防具によって数値が変わる

⑨アイテム

レベル1〜3	なし
レベル4、5	マジックポーション1個

⑩戦闘用チャートの書き方例（レベル1の場合）

回避	合計防御力	魔法回避
12	0	12

・他の欄は空白
（武器、防具を持っていないので）。
・ファイアー1、コールド1に○をつける

⑪魔法（キャラクターシートに○をつける／P271参照）

レベル1	ファイアー1、コールド1
レベル2	ファイアー1、コールド1、ストップ
レベル3〜5	ファイアー1、コールド1、ストップ、フライ

モンスターデータの見方

ドーラ

HP	命中	ダメージ		回避	防御	魔法
5	3	2D6−4		9	0	12
MP	2	3	2	2	2	10
21	3	0	9	0	12	4

レベル1／武器:ダガー(2D6−4)直／アンデッド

・HP(ダメージを受けたら減らす)
・戦闘用チャート。左から、攻撃用の〈命中〉〈合計ダメージ〉、防御用の〈回避〉〈防御力〉〈魔法回避〉の数値

・MP(MPを消費したら減らす)
・上段は、基本能力値の数値。左から〈体力〉〈器用〉〈敏捷〉〈知力〉〈感覚〉〈魔力〉
・下段は、戦闘能力値の数値。左から〈命中〉〈追加ダメージ〉〈回避〉〈防御力〉〈魔法回避〉〈罠回避〉

・レベル／持っている武器(武器のダメージ)直は直接攻撃武器。飛は飛び道具／特徴／特殊能力／弱点。特殊能力や弱点はP335参照

ポイズン・スネイク

HP	命中	ダメージ		回避	防御	魔法
11	5	2D6−3		11	0	5
MP	5	5	4	3	3	1
3	5	1	11	0	5	7

レベル1／武器:牙(2D6−4)直／特殊能力:牙に毒

ドーラ

HP	命中	ダメージ		回避	防御	魔法
5	3	2D6−4		9	0	12
MP	2	3	2	2	2	10
21	3	0	9	0	12	4

レベル1／武器:ダガー(2D6−4)直／アンデッド

スケルトン

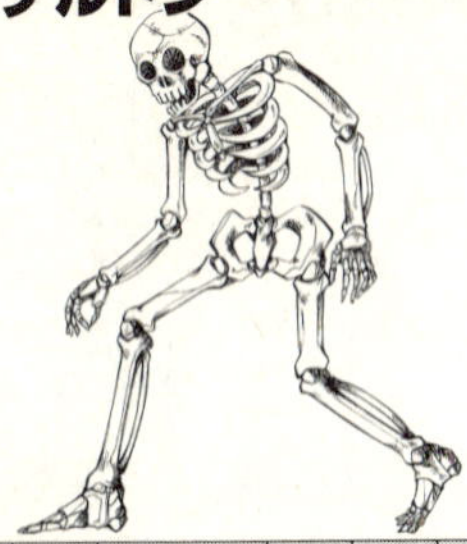

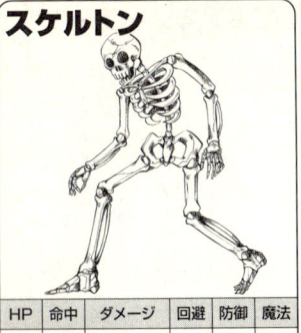

HP	命中	ダメージ		回避	防御	魔法
12	6	2D6−1		13	0	10
MP	5	6	6	4	4	4
10	6	1	13	0	10	10

レベル2／武器:ショートソード(2D6−2)直／アンデッド／特殊能力:リジェネレイト／弱点:腰骨

紅白キノコ

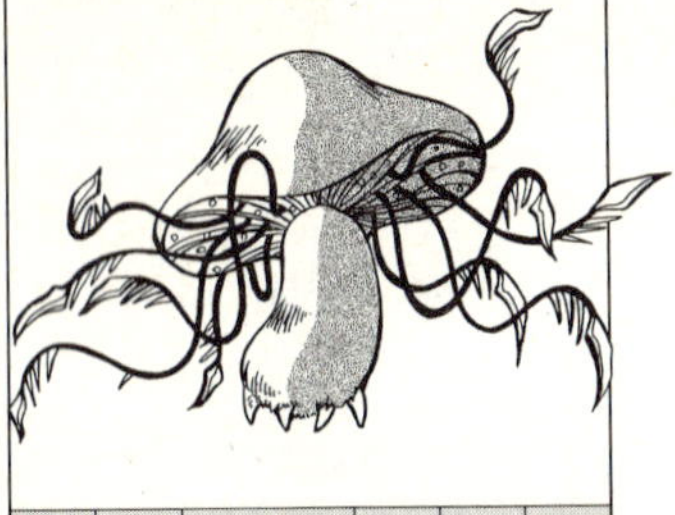

HP	命中	ダメージ		回避	防御	魔法
11	3	2D6−3		10	0	7
MP	5	3	3	3	4	4
9	3	1	10	0	7	7

レベル1／武器:触手(2D6−4)直／特殊能力:ダメージを受けると反撃

リズー

HP	命中	ダメージ		回避	防御	魔法
11	6	2D6−1		12	1	8
MP	4	6	5	2	3	3
9	6	1	12	1	8	8

レベル3／武器:爪(2D6−2)直／特殊能力:爪に毒／弱点:火

ゾンビ

HP	命中	ダメージ		回避	防御	魔法
14	5	2D6		12	0	9
MP	6	5	5	5	4	4
10	5	2	12	0	9	9

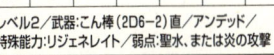

レベル2／武器:こん棒(2D6−2)直／アンデッド／特殊能力:リジェネレイト／弱点:聖水、または炎の攻撃

グラーナ族

HP	命中	ダメージ		回避	防御	魔法
17	6	2D6		12	2	7
MP	7	6	5	4	4	2
7	6	2	12	2	7	9

レベル3／武器:ショートソード(2D6−2)直

雪猿(スノーエイプ)

HP	命中	ダメージ		回避	防御	魔法
15	8	2D6		13	2	10
MP	6	8	6	4	6	4
11	8	2	13	2	10	12

レベル3／武器:爪(2D6−2)直／
弱点:火

ゴンゴルゾーラ

HP	命中	ダメージ		回避	防御	魔法
22	5	2D6+1		14	3	11
MP	9	5	7	4	6	4
12	5	3	14	3	11	13

レベル4／武器:こん棒(2D6−2)直、
弓(2D6−2)飛／弱点:火と冷気

ゴブリン

HP	命中	ダメージ		回避	防御	魔法
20	7	2D6		13	2	9
MP	8	7	6	3	4	3
10	7	2	13	2	9	10

レベル4／武器:ショートソード(2D6−2)直

ジャイアント・ウォーム

HP	命中	ダメージ		回避	防御	魔法
32	8	2D6+3		14	5	17
MP	11	8	7	5	7	10
30	8	3	14	5	17	14

レベル10／武器:牙(2D6)直／
特殊能力:攻撃が命中すると口から唾液を吐く

グラスクロプス

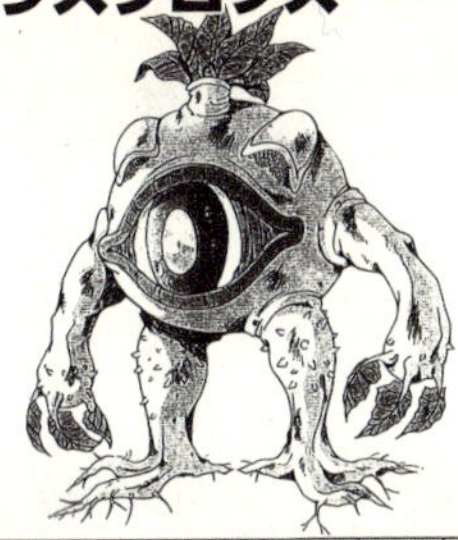

HP	命中	ダメージ		回避	防御	魔法
23	8	2D6+3		14	2	12
MP	9	8	7	4	5	5
15	8	3	14	2	12	12

レベル5／武器:腕状の枝(2D6)直／
弱点:火

●特殊能力

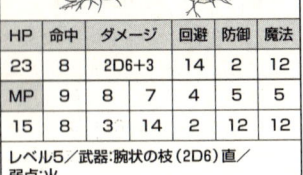

・ポイズン・スネイク…ダメージを受けたキャラクター(以下、キャラ)は〈体力〉による行為判定をする(目標値:12)。失敗したら〈回避〉が1点減る。回復するには「毒消し」か「解毒」。

・紅白キノコ…ダメージを与えると魔法の胞子を振りかけてくる(MP3点消費)。ダメージを与えたキャラは〈体力〉による行為判定をする(目標値:13)。失敗したら体が紅白になる。回復するには「毒消し」か「解毒」。

・ゾンビ、スケルトン…リジェネレイト。HPが0かマイナスになっても、次のラウンドには1点に戻り攻撃してくる。

・リズー…ダメージを受けたキャラは、戦闘終了後、〈体力〉による行為判定をする(目標値:13)。失敗したら笑い病(気絶状態)に。回復するには「毒消し」か「解毒」。

・ジャイアント・ウォーム…攻撃が命中したキャラ(ダメージはなくても)の鎧の防御力を1点下げる。元に戻すことはできない。

●弱点

・ゾンビ…聖水、または炎の攻撃でHPが0かマイナスになるとリジェネレイトできない。

・スケルトン…キャラが「腰骨を狙う」と宣言した攻撃でHPが0かマイナスになるとリジェネレイトできない。

・リズー、雪猿、グラスクロプス…炎の攻撃を受けると、ダメージは倍になる。例:ファイアー1の攻撃でサイコロの値が5の場合、ダメージは10になる。

・ゴンゴルゾーラ…炎の攻撃、または冷気の攻撃を受けると、ダメージは倍になる。

●武器の持ち替え

・ゴンゴルゾーラ…こん棒と弓の持ち替えには1ラウンド必要。

⑩戦闘用チャート（戦闘の時はここを見てください）

攻撃

命中

武器の名前	ダメージ

＋

追加D

＝

合計ダメージ

防御

回避

防具の名前	防御力

合計防御力

敵が
魔法攻撃
してきたら

魔法回避

（取得した魔法は○で囲む）

⑪魔法	魔法命中値	消費MP	効果（P325参照）
ファイアー1	4	3	敵1体に炎のダメージ（1D6）を与える
コールド1	4	3	敵1体に冷気のダメージ（1D6）を与える
ストップ	4	5	敵1体を1回休みにする
フライ	—	13	味方1体を飛翔させる。魔法命中判定なし

⑫盗賊技能（取得した技能は○で囲み、数値を書く）

				忍び歩き 敏捷+4	
鍵開け 器用+4		罠解除 器用+4		隠れる 敏捷+4	
罠発見 感覚+4		聞き耳 感覚+4		壁登り 敏捷+4	

Name

職業

①レベル	

②基本能力値		③戦闘能力値	
体力		命中 器用	
器用		追加D 体力÷3	
敏捷		回避 敏捷+7	
知力		防御力 防具の防御力	
感覚		魔法回避 敏捷+魔力	
魔力		罠回避 敏捷+感覚	

④HP	
⑤MP	

⑥カルマ		⑦FP		⑧経験値	

※追加D=追加ダメージ　*FP=フォーチュン・ポイント

⑨アイテム

所持金	G

あとがき

九九％フォーチュン・クエスト、あるいは、ひとつだけ隣のフォーチュン・クエスト、いかがだったでしょうか？

書いていくうちに、限りなく一〇〇％フォーチュンに近づいていってしまって、自分でも「おんなじじゃない！」と、突っこみを入れたくなってしまいました。

でも、やっぱりどこかは違うかな。

何より、ノルがいつになくたくさん話してくれたのがうれしかったです。

それから、迎さんの描いてくれたパステルたちも、どこかちょっとだけ違うでしょう？

その辺も併せて楽しんでいただければと思っています。

そして、この本を読んでくださったのをキッカケにして、TRPGのことにも少し興味を持ってくれて、リプレイ本も読んでくださるとさらにうれしい。

TRPGにトライしていただけると、もっともっとうれしいし、じゃあ、他のTRPGって、どんなのがあるの？　と、思ってくださると本望であります。

なので、代表的なTRPGを次のページでみやびさんに紹介してもらおうと思います。

そうそう。九九％フォーチュンも楽しめたよと思った方は、ぜひお便りか、アンケート葉書に書いて送ってください。

要望が多ければ、また同じような企画で本が作れるかもしれません。

こんなシナリオを作ったよとか、自分たちでＴＲＰＧやったけど、こうだったよとか、ここがわからないとか、そういうこともどんどん送ってくださいね。

みなさんの意見や質問などを参考に、次の本を作りたいと思っています。

では、また会える日を楽しみに！

深沢美潮

ＴＲＰＧで遊ぼう！——ルールブックのあとがきにかえて

いやはや、時間がかかってしまいました。お待たせしました。フォーチュン・クエストＴＲＰＧ（以下、ＦＱＴＲＰＧ）ルールブックの二十一世紀バージョンをお届けします。

この本のルールブックは、これからＴＲＰＧを始める方にも、安心して手にとっていただけるよう作られております。若葉マークの冒険者でもだいじょうぶ。ＦＱＴＲＰＧの基本がしっかり入っていて、しかもこの本だけでちゃんと遊ぶことができちゃいます。

これでパステルたちになって、思いっきり活躍ができますよ！

そして、もし、ＴＲＰＧっておもしろそうだなと思っていただけたら、他のＴＲＰＧにも挑戦してみてほしいです。

ＦＱＴＲＰＧは、ファンタジーの世界で遊ぶＴＲＰＧですけど、まだまだいろいろな世界で遊べる——ＳＦとかホラーとか西部劇とか——ＴＲＰＧがあるんです。

そのいくつかを、ここで紹介しておきますね。

初めての方にも遊びやすくて手に取りやすいものを選んでおきました。

『Dungeons & Dragons® 3rd Edition』
●発行：Wizards of the Coast（http://www.wizards.com/dnd）●価格：$19.95
世界最初のTRPG。それが発展していって出来あがった最新バージョンです。ファンタジーの世界で冒険したいならば、一度は遊んでみてほしいTRPGです。
ルールブックが英語版しか存在しないので、読むのにちょっと大変ですけれど。高校生程度の英語力があれば読めますから。まずは、『ADVENTURE GAME』と書かれた箱入りのセットがお勧め。簡略化したルールとシナリオ、ダイスまでがセットになって入っていて、これだけで遊べちゃいます。

『ソードワールドRPG（完全版）』
●発行：富士見書房●著者：清松みゆき／グループSNE（http://www.groupsne.co.jp/）
●価格：三六〇〇円（本体）
水野良先生の『ロードス島戦記』と同じ世界を舞台にしたファンタジーのTRPGです。小説やアニメ、コミックなどでその世界を知っている人も多いはず。

ルールが簡潔でわかりやすく、しかも、使うサイコロが普通の六面体サイコロ二個と、手に入りやすいのがうれしいですね。

遊び方のよくわかるリプレイ本もたくさん発売されています。

『ガープス・ベーシック（完訳版）』

●発行：富士見書房●著者：スティーブ・ジャクソン●訳：黒田和人／グループSNE（http://www.groupsne.co.jp/）●価格：四八〇〇円（本体）

いろいろなTRPGがあるのはよいけれど、ルールをたくさん覚えるのは苦手で……。

そんなあなたにぴったりなのが『ガープス』。『ガープス』のルールひとつを覚えるだけで、様々な世界で冒険できちゃうんです。ファンタジーも、SFも、ホラーもです。

姉妹品の、『ガープス・ルナル完全版』（●発行：富士見書房●著者：友野詳／グループSNE／安田均●価格：四六〇〇円〈本体〉）と『ガープス・ドラゴンマーク』（●発行：富士見書房●著者：友野詳／グループSNE／安田均●価格：三八〇〇円〈本体〉）もお勧め。

特に『ドラゴンマーク』は、『ベーシック』がなくても、これだけで遊べます。

他にも、この本のルールブックのダンジョン探検が気に入った人には、『セブン＝フォー

トレス Advanced』（●発行：株式会社エンターブレイン●著者：菊池たけし／F.E.A.R.（http://www.fear. co.jp/）●価格：三四〇〇円〈本体〉）のようなダンジョン探検中心のＴＲＰＧもあります。

まだまだ、たくさんのＴＲＰＧがありますが、くわしくはまたの機会に譲りますね。

もちろんＦＱＴＲＰＧで遊ぶこともお忘れなく！

最後に、深沢美潮公式ホームページのご紹介を。

深沢美潮公式ＨＰ

http://www.fuzzball-inn.net/

この本が発売される頃には、ＦＱＴＲＰＧの紹介コーナーも開かれているはず。

これからも、小説とともにＦＱＴＲＰＧをよろしくお願いします（もちろん、リプレイ本もね！）。

二十一世紀のＦＱＴＲＰＧは、この本のルールブックから始まります。

はせがわみやび

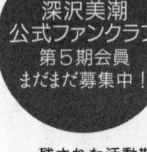

◉深沢美潮著作リスト

著書：「フォーチュン・クエスト①　世にも幸せな冒険者たち」（角川スニーカー文庫）
「フォーチュン・クエスト②　忘れられた村の忘れられたスープ(上)」（同）
「フォーチュン・クエスト③　忘れられた村の忘れられたスープ(下)」（同）
「フォーチュン・クエスト④　ようこそ！　呪われた城へ」（同）
「フォーチュン・クエスト⑤　大魔術教団の謎(上)」（同）
「フォーチュン・クエスト⑥　大魔術教団の謎(下)」（同）
「フォーチュン・クエスト⑦　隠された海図(上)」（同）
「フォーチュン・クエスト⑧　隠された海図(下)」（同）
「パステルの旅立ち　フォーチュン・クエスト外伝」（同）
「フォーチュン・クエスト外伝2　パステル、予備校に通う」（同）

「フォーチュン・クエスト バイト編 夕日が二つに見えた夜」（角川スニーカー文庫）
「フォーチュン・クエスト バイト編1 夕日が二つに見えた夜」（角川ミニ文庫）
「フォーチュン・クエスト バイト編2 消えた少女とロングソード」（同）
「新フォーチュン・クエスト① 白い竜の飛来した街」（電撃文庫）
「新フォーチュン・クエスト② キットン族の証（あかし）」（同）
「新フォーチュン・クエスト③ 偽りの王女」（同）
「新フォーチュン・クエスト④ 真実の王女〈上〉」（同）
「新フォーチュン・クエスト⑤ 真実の王女〈下〉」（同）
「新フォーチュン・クエスト⑥ 待っていたクエスト エピソード1」（同）
「新フォーチュン・クエスト⑦ 待っていたクエスト エピソード2」（同）
「新フォーチュン・クエストL① トラップハウスからの挑戦状」（同）
「デュアン・サーク① 魔女の森〈上〉」（同）
「デュアン・サーク② 魔女の森〈下〉」（同）
「デュアン・サーク③ 双頭の魔術師〈上〉」（同）
「デュアン・サーク④ 双頭の魔術師〈下〉」（同）
「デュアン・サーク⑤ 銀ねず城の黒騎士団〈上〉」（同）
「デュアン・サーク⑥ 銀ねず城の黒騎士団〈下〉」（同）
「デュアン・サーク⑦ 氷雪のオパール〈上〉」（同）

「デュアン・サーク⑧ 氷雪のオパール〈下〉」（同）
「菜子の冒険 猫は知っていたのかも。」（富士見ミステリー文庫）
「バンド・クエスト① メンバーを探せ！」（角川ルビー文庫）
「バンド・クエスト② 楽器はどこだ？」（同）
「バンド・クエスト③ 音、出してみよう！」（同）

共著：「深沢電機有限会社」（ログアウト冒険文庫）
「新フォーチュン・クエスト リプレイ① 霧の谷のキノコ」（電撃文庫）
「新フォーチュン・クエスト リプレイ② 鐘の音の響くとき」（同）
「新フォーチュン・クエスト リプレイ③ 人形たちの踊る夜」（同）
「新フォーチュン・クエスト リプレイ④ 雪狼と氷の娘」（同）
「新フォーチュン・クエスト リプレイ⑤ 青い海のたからもの」（同）

原作：「フォーチュン・クエスト①」（電撃コミックス）
「フォーチュン・クエスト②」（同）
「フォーチュン・クエスト③」（同）
「デュアン・サーク①」（同）
「ベイビー・ウィザード」（アスキーコミックス）

本書に対するご意見、ご感想をお寄せください。

■ **あて先**

〒101-8305 東京都千代田区神田駿河台1-8 東京YWCA会館
メディアワークス電撃文庫編集部
「深沢美潮先生」係
「迎 夏生先生」係
「はせがわみやび先生」係
「美鈴 秋先生」係

■

電撃文庫

新フォーチュン・クエストL②
静かな湖畔のモンゲーナ

深沢美潮

発　行　二〇〇一年八月二十五日　初版発行

発行者　佐藤辰男
発行所　株式会社メディアワークス
〒一〇一-八三〇五　東京都千代田区神田駿河台一-八
東京YWCA会館
電話〇三-五二八一-五二〇七（編集）
発売元　株式会社角川書店
〒一〇二-八一七七　東京都千代田区富士見二-十三-三
電話〇三-三二三八-八六〇五（営業）
装丁者　荻窪裕司（META＋MANIERA）
印刷・製本　旭印刷株式会社

ISBN4-8402-1880-3 C0193

電撃文庫創刊に際して

文庫は、我が国にとどまらず、世界の書籍の流れのなかで〝小さな巨人〟としての地位を築いてきた。古今東西の名著を、廉価で手に入りやすい形で提供してきたからこそ、人は文庫を自分の師として、また青春の想い出として、語りついできたのである。

その源を、文化的にはドイツのレクラム文庫に求めるにせよ、規模の上でイギリスのペンギンブックスに求めるにせよ、いま文庫は知識人の層の多様化に従って、ますますその意義を大きくしていると言ってよい。

文庫出版の意味するものは、激動の現代のみならず将来にわたって、大きくなることはあっても、小さくなることはないだろう。

「電撃文庫」は、そのように多様化した対象に応え、歴史に耐えうる作品を収録するのはもちろん、新しい世紀を迎えるにあたって、既成の枠をこえる新鮮で強烈なアイ・オープナーたりたい。

その特異さ故に、この存在は、かつて文庫がはじめて出版世界に登場したときと、同じ戸惑いを読書人に与えるかもしれない。

しかし、〈Changing Time, Changing Publishing〉時代は変わって、出版も変わる。時を重ねるなかで、精神の糧として、心の一隅を占めるものとして、次なる文化の担い手の若者たちに確かな評価を得られると信じて、ここに「電撃文庫」を出版する。

1993年6月10日
角川歴彦

文 庫

行こうよ!

絶賛発売中!!

❹真実の王女〈上〉

突然、目の前にパステルそっくりの
女の子が現れた!? そして、いきなり
大クエストに突入っ!!

❺真実の王女〈下〉

パステルと瓜ふたつのミモザ王女を
助けるため、キスキン国へ。そして
ついに王者の塔に挑む!

❻待っていたクエスト エピソード 1

キスキン国から謝礼の百万Gが届き、
パステルたちは貧乏生活から脱出!!
でも、こんな大金なんに使えば
いいの!?

❼待っていたクエスト エピソード 2

謎めいた言葉と1枚の地図を頼りに、
パステルたちはいわくつきの大クエスト
に突入! 本格的な冒険の始まりだ!

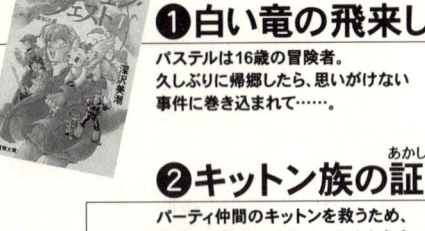

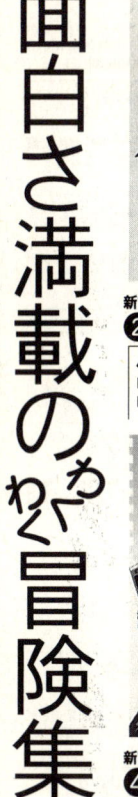

電撃文庫

TRAIN+TRAIN①
倉田英之
イラスト／たくま朋正
ISBN4－8402－1280－5

荒野を疾走する巨大な学校列車を舞台に、苦難と冒険と成長の1年を描くアクション・ストーリー第1弾！『大運動会』の倉田英之初のオリジナル小説！

く-2-7 0377

TRAIN+TRAIN②
倉田英之
イラスト／たくま朋正
ISBN4－8402－1476－X

峡谷を疾走する列車に迫る、直径200メートルもの巨大岩石！ 衝突まであと2時間!! どこにも逃げ場はない。生徒会長に選ばれてしまった礼一の決断とは？

く-2-8 0429

TRAIN+TRAIN③
倉田英之
イラスト／たくま朋正
ISBN4－8402－1631－2

事故調査員キャシーの目をごまかすため、スペシャルトレインをあげて理想的かつ世にも不自然な生徒を演じる礼一たちだが……。超巨大学園列車物語、第3弾！

く-2-9 0486

TRAIN+TRAIN④
倉田英之
イラスト／たくま朋正
ISBN4－8402－1865－X

海辺の工業都市ガサムニアで、バスほどもある列車のレプリカ同士がぶつかり合う〝鉄魂祭〟に参加するハメになった礼一たちだが……。人気シリーズ第4弾！

く-2-10 0565

太陽機関士物語 完全版
祭紀りゅーじ
イラスト／しろー大野
ISBN4－8402－1877－3

機械仕掛けの太陽。その運転を担う職員を人は太陽機関士と呼んでいた。ある日、機関士のリストラ話が持ち上がる。それが意外な事態を招くことになるのだが――。

さ-2-6 0580

電撃文庫

コールド・ゲヘナ
三雲岳斗
イラスト／きがわ琳

ISBN4－8402－1094－2

人はなぜ戦うのか？　その答えがここにある。異型の遠未来に繰り広げられる壮大なドラマを描く、第5回電撃ゲーム小説大賞〈銀賞〉受賞作。

み-3-1　0318

コールド・ゲヘナ②
三雲岳斗
イラスト／きがわ琳

ISBN4－8402－1256－2

第5回電撃ゲーム小説大賞〈銀賞〉受賞作第2弾!!　砂漠の惑星で繰り広げられる人類の未来をかけた戦い。その鍵を握る双子の美少女が自らの宿命を知る時……!?

み-3-2　0366

コールド・ゲヘナ③
三雲岳斗
イラスト／きがわ琳

ISBN4－8402－1393－3

第5回電撃ゲーム小説大賞〈銀賞〉受賞作第3弾!!　バーンが背負う悲しい過去とは、そして切音が見つめる未来とは……。すべての謎がいま明かされる!!

み-3-3　0409

コールド・ゲヘナ④
三雲岳斗
イラスト／忍　青龍

ISBN4－8402－1777－7

バーンの過去をめぐる謎が新たな事件を引き起こす。罠にはまり投獄されたバーンの運命は!?　新進気鋭の注目作家、三雲岳斗のデビューシリーズ第4弾!!

み-3-7　0543

熱砂のレクイエム　鉄騎兵、跳ぶ！
杉原智則
イラスト／平井久司

ISBN4－8402－1845－5

惑星Agni02で続く人類の業――戦争。その星の戦場の主役は、MRVと呼ばれる人型兵器だった……！　気鋭の新人と「星くず」の平井久司が贈る英雄譚、登場！

す-3-1　0415

電撃文庫

DADDYFACE

伊達将範
イラスト／西E田

ISBN4－8402－1478－6

いきなり現れた美少女に「あなたの娘だもん」と言われた貧乏大学生・草刈鷲士はとんでもない事件に巻き込まれ……！　サービスシーン満載のラブ・コメ決定版。

た-9-4　0428

DADDYFACE世界樹の舟

伊達将範
イラスト／西E田

ISBN4－8402－1534－0

大学生の父親と中学生の娘――ふたりあわせて「ダーティ・フェイス」！　微妙な関係の父娘が贈るラブコメアクション決定版。第2弾の舞台はドイツだ!!

た-9-5　0453

DADDYFACE冬海の人魚

伊達将範
イラスト／西E田

ISBN4－8402－1711－4

孝行娘の美沙の計らいで泊まり込みのバイトに行くことになった鷲士と美貴。ところが到着早々、鷲士が記憶喪失の女の子を拾ってきて……。超人気シリーズ。

た-9-6　0514

リムーブカース〈上〉

伊達将範
イラスト／しろー大野

ISBN4－8402－1363－1

柊夏菜は胸が小さな事が悩みのごく平凡な女子高生。彼女の目の前で一台の車が炎上した瞬間、すべては始まった――！　伊達将範＋しろー大野の強力コンビ登場!!

た-9-2　0396

リムーブカース〈下〉

伊達将範
イラスト／しろー大野

ISBN4－8402－1364－X

呪い、輪廻転生、オーパーツ、有翼種、神、そして5000年の恋……。魅力溢れるキーワードに彩られたアクション恋愛ストーリー、感動の完結編！

た-9-3　0397

Fortune Quest Limited